As Visionárias

Da Autora:

Acontecências (contos)
1ª ed., Editora José Olympio, 1967; 2ª ed., 1968; 3ª ed., 1982; 4ª ed., Editora Nova Fronteira, 1985.

Setestórias (contos). José Olympio, 1970.

Por Que Não? (contos)
1ª ed., Editora José Olympio, 1972; 2ª ed., Editora Nova Fronteira, 1985.
Prêmio Afonso Arinos, da Academia Brasileira de Letras.

Serendipity (contos). Editora José Olympio, 1974.

Carisma (contos). Editora José Olympio, 1978.

Clique! (contos). Editora José Olympio, 1981.

Relembramentos: João Guimarães Rosa, meu pai (memórias)
1ª ed., Editora Nova Fronteira, 1983; 2ª ed., 1999.
Prêmio Ensaio Biográfico do PEN Clube do Brasil (RJ).
Prêmio Joaquim Nabuco, da Academia Brasileira de Letras.

As visionárias (contos).
1ª ed., Editora Nova Fronteira, 1983; 2ª ed., 2001.

Mistérios do Existir (contos). Editora Nova Fronteira, 1999.
Menção Honrosa do Prêmio Malba Tahan, da Academia Carioca de Letras e União Brasileira de Escritores.

Vilma Guimarães Rosa

As Visionárias

Nova Edição
revista

EDITORA
NOVA
FRONTEIRA

MINISTÉRIO DA CULTURA
Fundação BIBLIOTECA NACIONAL
Departamento Nacional do Livro

Direitos de edição da obra em língua portuguesa adquiridos pela
Editora Nova Fronteira S.A.
Rua Bambina, 25 – Botafogo – 22251-050
Rio de Janeiro – RJ – Brasil
Tel: (21) 2537 8770 - Fax: (21) 2286 6755
http::/ /www.novafronteira.com.br
e-mail: sac@novafronteira.com.br

Fundação Biblioteca Nacional

Presidente da República
Fernando Henrique Cardoso

Ministro da Cultura
Francisco Weffort

Presidente da
Fundação Biblioteca Nacional
Eduardo Portella

Diretor do
Departamento Nacional do Livro
Elmer C. Corrêa Barbosa

Programa Nacional de Apoio à Cultura /
Fundo Nacional da Cultura

Editora Nova Fronteira

Equipe de produção
Leila Name
Regina Marques
Ana Carolina Merabet
Daniele Cajueiro
Izabel Aleixo
Marcio Araujo
Shahira Mahmud
Victoria Rabello

Revisão
Cláudia Ajúz
Eni V. Torres
Frederico Cesar Girauta

Projeto gráfico e diagramação
FA Editoração Eletrônica

CIP–Brasil. Catalogação-na-fonte
Sindicato Nacional dos Editores de Livros, RJ.

R696v
2.ed.

Rosa, Vilma Guimarães
As visionárias / Vilma Guimarães Rosa. – 2. ed. – Rio de Janeiro: Nova Fronteira, 2001

ISBN 85.209.1184-6

CDD 869.93
CDU 869.0(81)-1

“As pessoas não morrem, ficam encantadas.”
João Guimarães Rosa

Aos meus entes queridos, que em vida tanto me inspiraram e que hoje já se encontram *encantados*, dedico este livro.

Sumário

As personagens destas minhas estórias guardam entre si uma certa unidade, que é a figura feminina na sua transcendência.

São personagens que justificam o título *As visionárias*, pois as caracteriza uma visão introspectiva da vida. Elas se olham dentro de si mesmas e vêem além do próprio horizonte.

Vilma Guimarães Rosa

Passos no cascalho

— ...Morreu?
— Não sei, sumiu completamente, completamente...
Às vezes as pessoas somem, não?
— É, somem.

Lygia Fagundes Telles
Ciranda de Pedra

Conhecemo-nos aqui neste parque, há pouco tempo, mas já nos sentimos amigos antigos. Estou à sua espera e gostaria que ele não tardasse muito. É angustiante esperar alguém assim.

Nesta época do ano, a Inglaterra fica maravilhosamente verde. A verdejância alastra-se, tenaz e epidêmica, pelos gramados, nas folhagens, e nos ramos das árvores. Flores de coloridos quase impossíveis brotam e desabrocham, a cada momento, misturando aromas penetrantes. As roseiras, vergadas sob o peso das rosas rubras. Rosas de outras cores, também. Mas aquelas, explodindo em tufos generosos, dão sangue e vida à paisagem. Os passarinhos voejam, numa febril agitação de primavera. E cantam para mim. As águas da fonte também cantam, saudando uma Vênus de linhas perfeitas, saída da concha de bronze. A inconstância amarela da borboleta sobrevoa os canteiros, distribuindo beijos tão rápidos, aqui e ali. Mais adiante, a mulher encolhida no xale procura a sua própria estória nas páginas de um livro. Alguém cochila num dos bancos. Tudo deliciosamente tranqüilo, e eu terrivelmente inquieta. Ouço passos no caminho de cascalho. Será ele? Levanto os olhos. É apenas mais uma decepção.

Ainda falta algum tempo antes das babás surgirem, usando aventais engomados e capas azul-marinho, com as suas crianças trazendo brinquedos e risos. Pessoas idosas, em busca do sol, se acomodarão nas cadeiras e bancos, as pernas cobertas pelas mantas de lã.

É primavera, mas algum frio ronda, sem sutileza, entre as árvores.

Foi num sábado que o vi pela primeira vez. Senti-me atraída pela sua elegante maneira de vestir e caminhar. Lembrava, na pose, um jovem oficial aprumado, porém a barba cor de outono traía-lhe a idade. Na cabeça, equilibrado com notável classe, o chapéu *bowler hat*, preto. O sobretudo sugeria Saville Row, e a rosa vermelha na lapela e o alfinete de pérola na gravata escura atenuavam-lhe a austeridade. Realmente, uma elegância bem dosada. Até no fosco dos sapatos que, mesmo novos, deviam ter sido engraxados, para darem a impressão de muito usados, como gostam os ingleses. E festejando a sua autêntica inglesidade, o guarda-chuva, valendo pelo melhor tipo de bengala.

Nossos olhos se encontraram numa coincidência que de certa forma me embaraçou. Ele segurava um postal e eu me achava com uma pilha de cartões no colo. Após as aulas do curso que me prende a Londres, faço uma ligeira refeição no Fortnum and Mason e venho curtir saudades neste lugar que a natureza enfeita para os meus escritos. Durante horas, escrevo. As cartas que jamais consigo resumir, e os cartões sintetizando as acontecências deste lado do mar. Ao fechar cada envelope, sinto que um pouquinho de mim ficou lá dentro. É uma forma de colocar em crônicas, os capítulos da minha vivência londrina.

Sentados um defronte ao outro, difícil resistir ao impulso de lançar-lhe rápidas olhadelas. Ele as retribuía, quando não estava relendo o cartão. As pessoas a quem envio cartões, será que os lêem com tanto enlevo?

Encabulada de espreitar um estranho, tentei ignorá-lo. Ouvi, então, 'clique' e olhei-o mais uma vez. Havia tirado do bolso um relógio preso à corrente, possivelmente ambos de ouro, e, após estar bem certo das horas, fechou a tampinha. 'Clique'.

A ponta de sua barba bem aparada espetou o espaço, quando ergueu o rosto e nossos olhos tornaram a se encontrar. Então, com a categoria de um Noel Coward, ou de *Sir* Laurence Olivier, tirou o *bowler hat* e me fez gentil cumprimento. Inclinei levemente a cabeça. Era como se nós dois estivéssemos representando uma peça de fim-de-século.

Tudo, nele, encantadoramente formal. Algo pomposo, mas até nisto havia autenticidade. Ao se retirar, lembrava um excelente ator despedindo-se no fim do terceiro ato.

Durante a semana fui absorvida pelas aulas e as diversões que uma adolescente sempre encontra em Londres. Tanto que no sábado seguinte, ao procurar o refúgio deste jardim, já nem me lembrava muito dele. Eu me sentara no mesmo lugar. Sou fiel aos lugares. Retirei os papéis da sacola. E ouvi os passos no caminho de cascalho. Foi imprevisto mas agradável tornar a vê-lo. Segurava na mão um postal, e sentou-se também no mesmo lugar de antes. Perguntei-me se ele também seria fiel aos lugares, ou procurava a minha proximidade para enfeitar-lhe a solidão. Se o espreitava, ele não fazia por menos. Na verdade, nós nos espionávamos. Mas enquanto eu era atraída pela sua figura, ele desviava todo o interesse para os meus cartões. Acho bem provável que estivesse tentando adivinhar as palavras neles escritas.

No sábado seguinte, alegrei-me ao vê-lo caminhar em minha direção sentando-se na mesma cadeira das outras vezes, após fazer-me um elegante cumprimento. Desejando-nos mutuamente boa tarde, ficamos então amigos.

Conversa interessante, a nossa. Muito, mesmo. Falamos de alguns mistérios da vida, que aliás ficaram especialmente originais, pelo modo com que ele os comentou.

E chegamos ao mistério das correspondências, desde o tempo dos pombos-correio até os expressos aéreos de hoje.

— Você já observou os envelopes que viajam longas distâncias, ou mesmo um simples cartão selado? Além das notícias que trazem, costumam contar outras estórias. Passam por tantas mãos... E cada uma deixa ali algo marcado. Imagine se alguém encontrar a fórmula de traduzir essas marcas, e, veja bem, estou falando de marcas imperceptíveis, quase invisíveis... Quanta coisa interessante seria descoberta...

Era uma teoria fantástica, porém fascinante.

O parque se povoara de ruídos novos, abafando o canto das águas que dançavam na fonte. Só então percebemos as pessoas que nos rodeavam.

Ao despedir-se, ele fez algo realmente notável: beijou-me a mão. Foi imprevisto, só minutos depois lembrei-me de fechar a boca. Quando eu for uma senhora, certamente me acostumarei. Mas agora, isto ainda constitui deliciosa novidade.

Recusei o seu amável oferecimento para acompanhar-me. O Pensionato fica poucas quadras distante, mas o que diriam as velhas *misses*, se me vissem passeando com um senhor simpático, da idade delas?

— Você vai aparecer mais vezes?

Ele falava como se o jardim lhe pertencesse. De certa forma, nos pertencia.

— Só posso vir aos sábados, depois do almoço. No próximo, estarei aqui.

Compreendi que havia marcado encontro com um estranho, e fizera isto com imenso prazer.

Durante a semana, lembro-me bem, fui ao teatro uma noite e duas vezes ao cinema, conquistando até um namorado sardento, de cabelos cor de ferrugem, que me levou a tomar cerveja morna num *pub*. Mas não consegui tirar da mente o meu novo amigo do parque.

No sábado seguinte, cheguei aqui mais cedo, ansiosa para escutar os passos no caminho de cascalho. A princípio fiquei um pouco nervosa, receando que ele não viesse ou... viesse. Ambas as possibilidades me inquietavam levemente.

A bela figura veio vindo, entrando em cena, só faltavam os aplausos. Ninguém poderia achá-lo afetado, porque aquele modo lhe pertencia, e ele era assim tão naturalmente. O guarda-chuva dependurado no braço, apesar da gorjeante tarde de sol, uma rosa vermelha desabrochando na lapela e o sorriso nos lábios.

Pediu licença e sentou-se desta vez ao meu lado. Seria realmente tolice continuarmos conversando à distância. Compreendi também, encantada, que o ritual do beija-mão dali por diante faria sempre parte dos nossos encontros.

Ele trouxera outro postal, e eu me esquecera completamente da correspondência. Fez uma ligeira pergunta a respeito e tive de encontrar uma desculpa rápida. Afinal, não gostaria que soubesse estar eu esquecendo coisas porque me lembrava dele além do razoável.

— Enviar notícias é tão importante quanto recebê-las.

Ele afirmou com a voz mansa e suave, continuando:

— Há pessoas que não se importam, e há outras que sofrem quando apenas recebem contas e assinaturas de jornais. Sendo possível, deve-se enviar sempre umas palavrinhas aos amigos. Qualidade que tive o prazer de observar em você.

Arrependi-me de não ter trazido a sacola com a papelada.

— E se a gente não recebe nada — continuou ele —, é preciso encontrar um modo interessante de preencher o vazio.

Estendeu-me o postal que estivera o tempo todo em sua mão, e pediu-me que o lesse em voz alta.

Numa caligrafia bonita e caprichada, li as congratulações pelo aniversário de *Mister* Ashley. Mas algo destoava, logo percebi. O papel, tão amarelecido quanto a tinta. E a data, de trinta e poucos anos antes.

Atento, ele aguardava a minha reação. Resolvi não demonstrar surpresa e alegremente brinquei:

— Parabéns, *Mister* Ashley! O senhor costuma ressuscitar cartões?

Olhava-me sério, mas eu seria capaz de jurar que ele se divertia imensamente, ao responder:

— Não me chamo Ashley.

Nem naquele momento achei-o petulante. Apenas misterioso. Continuei o jogo:

— Então anda roubando cartões?

Ele enrubesceu. Achei aquilo adorável, mas lamentei havê-lo dito.

— Em todo o caso, muito obrigado pelos parabéns.

Os ingleses têm o dom de escolher a frase certa para reconduzir uma conversa que andou quase perdida.

Falamos de assuntos diversos, todos eles interessantes. Eu poderia ficar ali escutando-o horas e horas, sem me aborrecer ou cansar. Ele possuía o espírito ágil e colorido. Contou-me casos que me fizeram rir e outros que me deixaram de olhos molhados.

No outro sábado, ao vê-lo aproximar-se, notei o postal que trazia bem preso entre os dedos. Seria o mesmo? Cumprimentou-me, parecia especialmente feliz. Teria recebido algum recado de amor, embora envelhecido de trinta anos? Fiquei com ciúmes do jeito carinhoso com que movia o cartão entre os dedos, ao sentar-se.

E, de súbito, inclinou-se para mim numa atitude menos formal, e sua voz suave ganhou tom de quem vai contar segredos.

— Já ouviu falar de *Serendipity*?

— *Serendipity*?

Perguntei-lhe, com alegre curiosidade.

— *Serendipity!*

Exclamou ele, o sorriso fazendo primavera em sua bela barba cor de outono, olhos brilhando o verde renovado das folhas.

Ergueu a mão, e o rosto iluminou-se.

— É uma palavra mágica.

O sorriso descontraído tornou-o de repente muito mais jovem.

— *Serendipity* é o dom de fazer felizes descobertas. Imprevista, casualmente...

— Lembra contos de fadas.

— Há duzentos anos, Horace Walpole teve a feliz idéia de cunhar esta palavra.

— É linda, e musical.

Ele concordou, com um aceno de cabeça.

— Você conhece Portobello Road e sua feira?

Eu já estivera em Portobello uma vez, admirando as lembranças antigas ancoradas nas calçadas, em barraquinhas. Um belo porto, onde se reencontra o passado dos outros, que algum dia poderá ser o nosso.

— Pois bem, costumo ir até lá nas manhãs de sábado. Bem cedo, antes da invasão dos turistas. Gosto de observar os que vendem e os que compram. Já reparou as pessoas que negociam com as recordações alheias? Têm uma expressão muito presente, é curioso. Nem sempre se dão conta do valor sentimental de cada objeto. Se cobrassem o preço exato, jamais conseguiriam vender. Há coisas que não têm preço, você concorda?

Suspirou e prosseguiu, antes que eu concordasse.

— Há poucas semanas descobri em Portobello Road uma lojinha tão pequena, só cabe um comprador de cada vez, e a vendedora. Do lado de fora, no alto da porta, balança um coração de plástico vermelho, atravessado pela seta de um Cupido invisível. O nome está em letras douradas: *Serendipity*. Ao vê-lo, recuei o pensamento até os meus dias de criança, e reentrei nos contos de fadas. Acredito neles. E você?

— Eu também. Gosto de imaginar príncipes encantados.

Ele sorriu, perguntando:

— Seria capaz de adivinhar o que a minúscula lojinha costuma vender?

— Livros? Revistas antigas?

Os olhos dele se tornaram cismadores, ao dizer:

— Cartões-postais antigos, bem antigos. Alguns deles já dão para fazer uma estória...

— Cartões escritos?

— Todos. Emocionante, quando peguei um punhado deles e comecei a ler. A princípio, senti escrúpulos. A desconfortável impressão de estar sendo indiscreto, penetrando nos passados que não me pertenciam. Mas afinal, se alguém os vendera para serem revendidos...

— E quem compraria...

Interrompeu-me, entusiasmado:

— Saudosistas, colecionadores, e eu!

— O senhor?

Lembrei-me dos cartões que ele nunca deixava de trazer, e do enlevo com que os lia. Ainda naquele momento, segurava um.

Bateu com os dedos na testa larga.

— A luzinha se acendeu aqui dentro e a idéia surgiu. Descobri, imprevista e casualmente, algo feliz.

Seus olhos cintilavam, presos aos meus.

— Vou à loja de Portobello Road, fecho os olhos, e me concentro. Enquanto tiro da caixa um dos cartões, murmuro *Serendipity*...

— *Serendipity*... — murmurei eu.

— Talvez você não acredite, mas sempre sai a mensagem certa. Lembra-se dos votos de parabéns para *Mister* Ashley? Meu aniversário aconteceu no dia seguinte. Não é formidável?

— Extraordinário.

— É mágico.

Percebi um nadinha de malícia na pergunta que logo em seguida me fez:

— Sabe a mensagem do cartão, no sábado em que nos vimos pela primeira vez?

Pigarreou, recitando muito sério:

'Agora que nos encontramos neste mundo tão cheio de desencontros, já não me sinto só.'

E mudando o tom da voz:

— Soa folhetinesco, mas contém muita verdade. Ela existe, às vezes, mais expressiva e autêntica nos almanaques do que nas enciclopédias.

Eu estava sorrindo ao afirmar:

— Sabe, meu curso termina daqui a duas semanas. Quando voltar à minha terra, vou escrever-lhe tantos cartões, você não precisará comprá-los em Portobello Road.

Fitou-me surpreso, e subitamente entristecido.

— Parte assim tão breve?

— Já estou aqui há três meses, respondi.

E acrescentei, também entristecida:

— Pena que tivesse descoberto este parque só há poucas semanas.

Duas crianças passaram diante de nós, correndo atrás da bola. E um cachorrinho se aproximou, fuçando. Bateu em retirada ao escutar o assovio do dono.

Estávamos bastante atrasados, mas fora nosso melhor encontro. Não se preocupando em ver as horas, ele acrescentou algo novo ao ritual de despedida: ofereceu-me a rosa que trazia na lapela.

Faz hoje uma semana, vim correndo ao parque. Usei meu casaco novo. Parece meio doido, este entusiasmo por um homem que só vi cinco vezes.

Não escutei seus passos no cascalho, nem ganhei o beijo na mão cuidadosamente perfumada. A gola do meu casaco voltou sem a rosa.

Ele não apareceu. Esperei-o a tarde inteira, ansiosa, e ao ouvir os meus próprios passos voltando para casa, senti mais tristeza do que decepção.

O curso terminou ontem. Hoje tive a manhã livre. Fui a Portobello Road. Era cedo ainda, mas já havia grande número de turistas pechinchando o passado dos outros. Andei, andei, procurando a porta da lojinha, com a esperança de esbarrar a qualquer instante no meu amigo.

Portobello Road é uma festa. O movimento, intenso, e as pessoas tão pitorescas quanto as coisas que ali se encontram.

Pratarias, cristais, porcelanas e bronzes se exibem, reluzentes. Móveis, quadros, e instrumentos de música. Vestimentas revelando o gosto inconstante das épocas, e botões de velhas fardas que já fizeram guerra. Até jóias. Antiguidades verdadeiras e algumas duvidosas, misturadas sem preconceitos.

A confeitaria e o convite aos esplêndidos sonhos recheados. Entrei e devorei um, saboreando-o com alguma pressa. E continuei andando. Ou serendipeando?

Um rapaz, olhos de mormaço e a voz rouca, arrancava lamentos do bandolim, confiando na generosidade dos que passavam. Respirei o cheiro doce que o defumador deixava escapar, aos pés de um indiano em prece.

Quase desistindo da busca, avistei afinal o balançante coração de plástico vermelho que algum Cupido acertara, antes de fugir. À porta, sob as letras douradas, esperei-o. Já teria ele comprado o postal? Bem possível. Sua vez de aparecer era antes da invasão de turistas. Eu compraria o meu, também, e depois trocaríamos juntos as mensagens, aqui no parque.

Os postais se enfileiravam na caixa, à espera de quem os revivesse. Paguei à mocinha de avental bordado. As ilusões ali não eram caras.

Olhos fechados, concentrei-me, murmurando a palavra mágica.

— *Serendipity*...

Será que ele não vem?

A verdejância continua se alastrando neste lindo parque. As flores brotam e desabrocham, insistindo nos seus coloridos impossíveis. O ar fresco e perfumado me entra no sangue, enquanto as águas cantam, ao redor da Vênus. Passarinhos e borboletas voejam, inquietos. Por dentro, sinto-me também passarinho e borboleta.

Ele não veio até agora. Pessoas chegaram e se cobriram com as mantas. Babás de aventais engomados e leves capas de lã azul-marinho trouxeram suas crianças, e estas gritam e riem, despreocupadas. Sinto-me criança, também. Criança preocupada.

Amanhã cedo deixarei Londres. Talvez algum dia eu volte. Mas será que o reencontrarei?

Não sei seu nome, nem onde mora. Como enviar-lhe os cartões prometidos? Gostaria de escutá-lo ainda uma vez. Rever aquele jeito todo dele. O sorriso fazendo primavera na bela barba cor de outono, e os olhos brilhando o verde renovado das folhas. Talvez seja melhor assim. Não gosto de dizer adeus.

No cartão que eu trouxe de Portobello Road, o desenho de uma rosa vermelha. Se ela fosse real, poderia estar numa lapela.

A letra é firme, mas o tempo amarelou a tinta.

Já esperava pela viagem, só não imaginei que a fizesse tão cedo, sem tempo para dizer adeus. Talvez seja melhor assim, não gosto de despedidas. Aqui é lindo, não existe solidão. Mas nunca deixe de escrever. Meu pensamento aí, sempre com você.

Procurei decifrar a assinatura, diluída numa pequenina mancha. Alguém deixara, anos antes, cair uma lágrima sobre ela.

Ouço passos no cascalho. Meu coração bate mais depressa. Levanto os olhos. Devo ter imaginado. Não há ninguém ali.

E se eu fechar os olhos e chamar bem baixinho:

— *Serendipity...*

Acontecências se repetem?

I see the Past, Present and Future
existing all at once Before me.

William Blake
Jerusalem

Gemidos de violinos e sussurros esparsos, conduzidos pela brisa, sobrevoaram a noite e pousaram na retranca, na ponta do mastro e sobre as velas descidas e amarfanhadas no convés do veleiro branco. Sons chegados de repente. No mar, o imprevisto é quase obrigação.

A âncora silente jazia no fundo da água irrequieta e escura, que batia de leve no casco, num compassado cântico hipnotizador.

Era a última noite de uma década agitada e trepidante, que se tornara, para Tércia, quase febril nos últimos anos, no processo constante de armazenar lembranças. Sem a preocupação de arquivá-las, apenas empilhando os fatos, prontos para serem pinçados pela mente, no ato quase inconsciente de recordar. Depressa tanto acontecera e subitamente o tempo delimitava e tudo se comprimia.

Tércia emoldurou entre os cantos da gaiúta o rosto de traços finos e expressão preocupada. Espreitando o céu observou a lua e sua vã tentativa em fugir da nuvem que se interpusera entre ela e a Terra. Subiu os cinco degraus da escadinha que levava ao convés. Os violinos saudaram-na, as vozes murmuraram à sua aparição, e os risos transformaram-se em lamentos.

Além rochedo, uma grande festa parecia alastrar-se pelos jardins intumescidos de folhagens e arbustos, onde os lampiões estremeciam os seus oscilantes focos de luz.

Tércia fechou os olhos, apertou-os e tornou a abri-los. A festa continuava lá, absoluta e concreta. Ela sentiu uma emoção intensa e forçou adiar o medo antigo. Mas as terríveis lembranças recomeçaram a suplicar.

Então, como se movendo-se pudesse controlar a sensação de insegurança, ela mergulhou, começando a nadar em direção ao rochedo. Riscas fosforescentes cintilavam na água escura e os sons a precediam, conduzindo-a.

O velho medo vinha vindo, possessivo, instalando-se em cada fibra nervosa, atirando-lhe dúvidas na alma. Um medo incompatível com a fé que se forçava a exercitar desesperadamente, a fim de exorcizá-lo. O medo da última noite do ano, da passagem brusca que a impelia para um outro novo ano, temido porque ainda desconhecido, ameaçando surpresas. Um medo absurdo, inventando perigos abstratos, irreais.

A lua, após ter lutado tanto com os chumaços de nuvens, conquistara um pedaço de céu. Dali, contemplaria o mundo, suas desgraças e suas esperanças. Uma faixa de claridade deslizava pela superfície do mar, subindo o rochedo. Os olhos de Tércia também subiram pelas pedras. Então ela viu: sonho alucinado ou a projeção de um retrato ao vivo, ela se viu nos braços de Leonardo. Eram dele as têmporas grisalhas, e a sobrecasaca escura aumentava-lhe a palidez. Ambos formados pelas imagens translúcidas, parecendo ausentes da realidade.

E ela então recordou a voz quente de Leonardo. Recordou, não. Ouviu. A voz escorregara do rochedo até os seus ouvidos. E, no entanto, ele estava tão distante... Muito mais do que um mar os separava. Teria sido o desejo intenso de sua presença que permitia-lhe escutá-lo mais uma vez?

— *Esperarei anos, séculos, até sempre. Mas eu quero você. Preciso do seu amor. Sem você, nem a morte será descanso...*

Os dois vultos continuavam muito juntos, e Tércia imaginou o beijo que os mantinha enlaçados.

Dali a instantes, atingiu-a maior surpresa, pois aquela frase lhe pertencia:

— *Leonardo, querido, não me peça o impossível...*

Tércia sentia-se indiscreta e curiosa, mas com algum direito de ficar ali, à escuta, participando em silêncio de seus diálogos com Leonardo. Espectadora atônita de um amor que também era o seu.

Despertando-a do torpor, dois peixes pularam perto. Ou teria o mesmo peixe saltado duas vezes?

Tércia nadou sem ruídos de volta ao barco. O veleiro parecia mais distante, a cada nova braçada. E os murmúrios a seguiam, perseguindo-a com uma doçura cruel, angustiante.

Alcançou o barco, com a impressão de estar fugindo de si mesma.

Quando aconteceu? Como aconteceu? Não sabe. Só se recorda do olhar penetrante e ardente de Leonardo, de sua voz mansa porém forte. E o primeiro aperto de mão a que instintivamente ela fugiu, para dar liberdade aos seus dedos macios. Estes lhe haviam alisado os cabelos, as faces, parando na linha dos lábios, entreabrindo-os delicadamente. Já era então o começo, apenas o começo. E tarde demais para recuar.

Tércia parou de pé na proa, a vontade de rever os dois, esculpidos em luar. Foi neste momento que surgiu o vulto do homem caminhando em direção ao rochedo. Sentiu o medo crescer, dentro dela, *aquele* medo que nunca pudera definir completamente. O homem encurvava-se em passos rápidos. O rosto pálido — também parecia feito de luar — era pouco visível, mas Tércia reconheceu-o. Ela o reconheceria sempre. Belo, mais ainda pelos ciúmes, os olhos estariam olhando fixo, os lábios apertados, o semblante tenso.

Novamente a lua foi encoberta. Ou teria deliberadamente se escondido para não presenciar?...

Tércia pressentiu, minutos antes de tudo acontecer. Não conseguiria impedir. Se tentasse, isto seria apenas um mergulho no impossível. Em silêncio, deixou-se ficar presa ao barco e à perplexidade que a imobilizava.

O grito abafado, a luta entre os homens, o baque surdo do corpo caindo ao mar. A mulher ajoelhada no chão, em prantos. Os prantos de Tércia. O homem tomando-a nos braços, esgueirando-se, rápido, pelo jardim adentro.

Tércia imóvel, intimamente se questionando, alienada, sucumbida.

Qual dos dois? Qual deles?...

Ela sabia que a manhã seguinte apagaria tudo, com o calor do sol e a gloriosa luminosidade. A música e as vozes estariam dissolvidas pelo silêncio, pairando entre as ruínas da velha casa.

Os jardins da noite anterior teriam regredido ao emaranhado de árvores, plantas selvagens, o mato crescendo e envelhecendo em liberdade.

Fora tudo uma imagem louca, rompendo as amarras da lucidez e da lógica? Ou as coisas se repetem, por mais afastadas que estejam, no tempo?

Mesmo com séculos separando o passado de um futuro apenas pressentido, acontecências se repetem?...

O riso de Aline

C'était vraiment une ivresse de rire, quelque chose de terrible et d'irresistible.

Baudelaire
De l'Essence du Rire

Vida, para Aline, era platéia e palco. Só respirando, já representava. E os sentimentos, sempre vívidos demais, transbordavam carinho e capricho.

— Cada ser humano já nasce com o roteiro feito. Não pode fugir. — Repetia, com a certeza de quem precisava acreditar.

Loura incerta, nos diferentes reflexos do cabelo mechado, possuía a beleza dos anjos. E a que os demônios usam para enfeitiçar. Beleza feita de pequeninas imperfeições, das quais Aline tirava proveito, sabendo que aperfeiçoá-las seria desmanchar o encanto do conjunto. Dispensava artifícios. Atriz, tinha permissão de explorá-los; mulher, deles desacreditava. Artifício nenhum, de mostrar ou esconder.

Seus lampejantes olhos cor de menta jamais pestanejaram cílios adotados. Para quê, se da menta possuíam a frescura e até a impressão de sabor? Nos ângulos do rosto expressivo, luminosidade sem sombras. Dos lábios sensuosos saía-lhe, fiel, o pensamento. Nunca dizia, se não estivesse achando. Preciso fosse, apenas enfeitava as palavras, combinando-as com o instante. Igualzinho ao combinar vestido com a simplicidade de uma pintura leve. Evitava as palavras ásperas com a doçura de um sorriso, ou o esplendor de uma gargalhada.

O riso de Aline, toda uma vida. Canto de pássaro, água límpida desdobrando cascatear vibrante. Atirava o corpo para trás, olhava o teto do mundo, jogando no espaço aberto o riso claro, que se adensava em malícia ou simples alegria de viver.

Hábil, manejava o fascínio. E isto era triunfo e defesa. Aline dominava, querendo talvez ser dominada. Oculta sob a forma de liberdade, uma vontade intensa, imensa, de depender.

Sucessos consagraram-na, palco e vida misturados. Homens a cobiçaram. Mulheres tentaram copiá-la, não conseguindo. Fotocópias apagadas de uma Aline incopiável.

E de tudo, numa espécie de misericordiosa superioridade, ela ria.

Comentava-se que Aline havia acolhido fama pela sorte e graça de esplêndida gargalhada lançada em noite de quase fracasso.

Os atores dando o melhor deles mesmos. A cena, porém, arrastava-se, como rio rastejando águas baixas. Culpa do imprevisto, aquele sutil efeito barbitúrico.

O perigo ameaçou subir ao palco. Aline o pressentiu. Pensou rápido, transmitiu rápido. Os companheiros compreenderam-na, porque ela quis que eles a compreendessem. No querer, mais que em tudo, era forte.

Deu alguns passos à frente. Encarou os rostos. Recolheu deles, com o verde dos olhos, uma possível esperança. Desafiando a platéia, desafiava o próprio futuro. Mãos na cintura, corpo jogado para trás, encheu a sala com a mais impiedosa de suas gargalhadas. Como se os espectadores lhe representassem uma espécie de comédia. Mas era também uma gargalhada de desespero.

O despertar súbito, na platéia, foi unanimidade. Aline redirigiu a peça. Virou-a pelo avesso. Presenteou o público com a audácia da surpresa. Haviam pago para chorar um drama que os conduzira ao tédio. Divertiam-se, agora, tomados de espanto.

A crítica louvou-a, em atuação e presença. O público, tantas vezes incoerente, consagrou-a. Aline subiu às estrelas. Após o espetáculo, chorou. E sorriu em silêncio, lábios cerrados, escutando os aplausos.

Teve cinco maridos, dizia-se. Casamentos feitos e desfeitos em notícias de jornais, apenas quatro. O primeiro deles conservou-se no anonimato, antes do palco. Mas foi sempre motivo de ciúme dos outros. Um ciúme aguçado pelo silêncio de Aline, que sabia transformar seus antigos maridos em amigos novos. Com a naturalidade de um 'por que não?' desnorteador para as pessoas de idéias modestas.

O povo, ávido de desesconder coisas, criou o mito: um inesquecível primeiro amor abalava os casamentos da bela artista. O de quem ela nada dizia.

Aline transtornava o mistério. Nas entrevistas singelas e sinceras sentia pena de seus fracassos matrimoniais. Recordação de carinho, cada marido lhe havia deixado algo de bom. Não apenas no cofre, mas especialmente no espírito.

— O homem completo não existe num só. Se, para algumas mulheres, mudar de marido é variar defeitos, para mim é o encontro de mais uma nova e imprevista qualidade...

E declarava cabisbaixa, renovando modéstia:

— Afinal, eu não o merecia.

Auto-sentença, após cada rompimento.

No auge da carreira artística uniu-se a um aristocrata. Sobrenome de antiguidade, título e brasão que de dote não precisavam para redourar-se.

Aline ingressou, então, nas rodas nobres do mundo social. Festas, celebrações, o champanhe borbulhando junto aos galanteios.

Aline apurou maneiras e roupas. Viajou, aprendeu idiomas. Não mudou de todo, porque tinha de ser ela mesma. Continuou Aline, apenas poliu Aline. Representando nos salões para um público sofisticado e exigente, conservou, contudo, o esplendor de seu riso. Soberbo, inimitável riso. O marido amou-a pela maneira de ser, de rir, de se comunicar. Nem tão mais velho era, mas sua afeição tomou forma paternal. Gostava de ouvi-la rindo, e mais a amava nesses momentos. Fazendo-o esquecer preocupações, ela apresentava-o à alegria.

Quando ela partiu sozinha, perguntou-se o motivo.

— Era um encanto, o meu barão. Mas tanto champanhe deixava-me tonta. Precisava ar puro. Agora, posso respirar. Afinal, eu não o merecia...

E então, o segundo casamento. Aline mudou seu estilo. No belo iate, comandado pelo segundo marido, ela ficava de pé, na proa, usando pulôver e barrete, numa autêntica tentativa marinheira.

Respirou ar puro em grandes doses. Ganhou cor de sol, ensaios ao vento. Desintoxicou-se da vida social, encontrando na risada aberta de seu marido esportivo o eco de suas próprias gargalhadas. Riram muito juntos. A terra, o mar, o movimento, preenchendo. Mas, de repente, faltava algo.

Acabou. Sabe-se lá? Começos acabam tão sem sentido...

Novo casamento surpreendeu os admiradores de Aline.

Intelectual de óculos e ar severo, mais ouvia que falava. Crítico dos críticos de Aline, censurou-os por dedicarem melhor expressão à beleza da mulher que ao talento. Guardou Aline em redoma de cultura, a princípio fascinando-a. O ar puro tentava entrar pela porta-janela da biblioteca, mas era bloqueado pelas paredes de livros.

Paciente Pigmalião, ensinou-lhe coisas tantas, ela nem acreditava estar assimilando um pedaço daquela cultura toda. Escreveu peças adequadas à personalidade da mulher. Fez-se diretor, nos longos ensaios à procura da perfeição. Amadureceu em Aline o brilho artístico. Lapidou-a intelectualmente. Amou-a, moldando-a.

Mas seus olhos sorriam, semi-escondidos pelas grossas lentes, ao ouvi-la rir. Só então se esquecia de ensinar-lhe, para aprender alegria. Aline era uma coisinha agradavelmente fácil de se ensinar, extasiada diante do aprender.

Foi então, apareceu um homem diferente. Solitário. Conversava inteligente e manso, ensinando a vida que Aline, apesar de tanta vivência, ainda não conhecia. Ela sentia na pele a mansidão de sua voz, recebia nos poros as centelhas de seus olhos. Voz e olhar transparecendo sensatez, mas vibrando tanto, tanto, penetrando-a. Prudente, soube esperá-la. Outros o teriam dito descansado. Mas era sábio. E tinha uma risada que deixava eco na lembrança de Aline, fazendo-a feliz por se saber responsável pela alegria dele. Aline o sacudira. Ambos se precisavam e ambos prometiam se ajudar, cada um a seu modo.

Quando aconteceu a segunda separação, o mundo intelectual, que pretende integrar os segredos da vida, censurou-a cruelmente. Mas um outro lado do mundo achou a troca saborosa.

Aline casou-se com o homem manso. Aprendeu a medir o real valor das coisas. Trocaram risos e centelhas, enquanto ela absorvia sua sensatez, ponderando até os próprios reflexos. Amaram-se intensamente.

Durou o tempo dos outros. O destino e suas intenções...

Falou-se num próximo casamento, espalhavam-se curiosidades. Mas não aconteceu. De casamento ela já estava cansada. Bonita ainda, rica e famosa. Mas sozinha. Não encontrara nos homens que escolhera, e pensavam tê-la escolhido, a qualidade essencial.

Imprevisível Aline. De repente, renunciou a tudo e retirou-se com a mesma arte dos grandes desempenhos.

— Quero ser Aline eterna. Fixar-me nas alturas e nas alturas ser lembrança. Não terei crepúsculo. Vou afastar-me do mundo em plena luminosidade.

Abandonou o palco sem estender explicações. Aliás, somente a si costumava explicar-se. Ela, que nem sempre se entendia.

Desceu do palco mas conservou-se na altitude das grandes estrelas. Deixando a vida artística repousada na glória, deixou também o continente. Trocou-o por uma pequena ilha, erguida numa bela parte do mar. Ilha do Fim. Mas para Aline, um começo. Recomeçar é renascer, viver uma outra nova vida. Palpitante, porque ainda indescoberta. Melhor, pelas sobras da experiência anterior.

A Ilha, um mistilinear de caminhos ocultos, subia além-praia: Praia do Caramujo. Hesitando em clareiras, árvores espreguiçavam copas num desenho de céu. A casa, fincada no topo, apesar do estilo colonial, tinha quês de modernice, e cabiam-lhe jardins em volta. Coqueiros circundavam os bancos de pedra. Degraus de granito alcançavam o cimo da ilha, debruados de matinho-musgo, numa irregular geometria.

Quando Aline comprou a Ilha do Fim, não mediu a casa. Apenas desejou-a. Depois, achou-se pequena dentro dela. Na varanda, mensurava o seu mundo. O mundo de fora, que ela possuía apenas de tanto olhar. O mundo interno, em limites de teto alto, paredes claras e tábuas de madeira esticadas no chão, decorou-o de acordo com sua personalidade. Para conviverem, Aline e a casa deviam combinar-se.

Nos gloriosos dias de sol, Aline transformava em livro as suas memórias, escrevendo à mão no caderno grosso de capa verde. Escrevia na Praia do Caramujo, ou a bordo de seu barco. A volúpia de velejar, de todos os gostos do marido esportivo, foi o que mais forte lhe ancorou na alma.

Noites escuras ou noites de lua, o veleiro Bellatrix apontava mastro ao céu, fazendo confidências à estrela-madrinha. Guardiã da Ilha, recebia beijos de mar no casco branco, sempre pronta para abrir velas. Soltas ao vento, estas soluçavam mágoas ou cantavam, enquanto Aline, ao leme, conquistava o mar. O oceano inteiro, uma platéia.

Quando não a estava comandando, Aline podia do terraço admirar Bellatrix. Balançante na intranqüilidade suave das águas, erguida no dorso da onda, ou agitando-se com as marés, o veleiro jamais dormia. Velava a noite.

Belíssima visão, o chão-água do mundo encontrando-se com o teto infinito, no recorte longínquo das montanhas. Beirada de horizonte, tudo entrando casa adentro pelas janelas amplas. De dia, as cores. À noite, palidez ou brilho de lua e uma brisa impelindo estrelas.

A natureza visitava Aline, e conversavam-se.

Chapela, o único outro habitante da Ilha. Espanhol de olhar fundo, sorriso raro e palavras poucas, desempenhava função de fazer tudo. Cuidava da casa, limpava o mato e a Praia do Caramujo. Ele mesmo dando a impressão de enroscar-se ao redor de si, ele mesmo um caramujo. Dedicava-se a Bellatrix com demais carinho. Alisava o barco, como se escovasse a cria favorita. Amava-o e dava-lhe o livre de seu tempo.

Chapela não precisava receber ordens. Aprendera uma só vez cada função e se esmerava sempre. As obrigações de cada dia, disciplinadas na memória, vezes algumas sofriam alterações, de acordo com as ondas de vontade da patroa. Com devoção, aceitava as exigências e mudanças bruscas da rotina. Aline era, para ele, a criatura maravilhosa que não se ousa nem mesmo olhar demais, por temor ao desrespeito. Quando a ouvia, balbuciava monossílabos e largava o serviço para servi-la no desejo novo.

Aline apreciava-o como criado e ignorava-o como pessoa. Comprara-o com a Ilha. Dava-lhe a mesma importância que aos objetos úteis. Chapela, objeto utilíssimo.

A casa rebrilhava limpeza. Os caminhos ziguezagueantes, sempre aliviados do mato alastrador. O veleiro, animal de raça ganhando dedicação. E Chapela nunca mais esqueceu o nome daquele vinho branco, servido na temperatura adequada, com as ostras que ele apanhava nas pedras.

— Use a voadeira domingo, Chapela. Vá divertir-se.

Ele não ia. Seu feriado era a canoa talhada pelas mãos rudes. Baixava os olhos, agradecendo com tímido gesto de cabeça. Mas não ia. À noite, remava ao redor da Ilha. Quando o céu ficava tão baixo, que, erguendo o remo, poderia tocá-lo.

Do seu refúgio, o continente distava horas e dificuldades. Ela não convidava. Escondera-se bem, a princípio pelo gosto de ficar só. Sentir-se a si mesma. Reencontrar-se, com a ajuda da solidão. O lugar era lindamente companheiro. Ela aprendeu a interpretar os pássaros, os ventos, a conversa do mar. Conheceu todos os tipos de silêncio. Chapela, a companhia que lhe convinha, para fazer muito e dizer nada. Presença parecendo ausência.

Aline gostava de velejar só. Chapela ousava, então, erguer os olhos profundos e tristonhos. Da praia, acariciava com o olhar o barco, até perdê-lo de vista. E esperava-o, igual ao cão que espera o dono em viagem.

Aline ousada. Aline incrível. Só ela teria realmente tato para distribuir tão bem seus antigos maridos pela casa, alojando-os de acordo com hábitos e personalidades. Sem que disso soubessem, eles coabitavam.

O nobre, em óleo de razoável assinatura, vestindo elegante traje de caça, combinava as cores da equipagem com as poltronas do salão. Sobriedade em acordo com as linhas da lareira e os objetos de prata que a decoravam.

Lembrança para todas as datas.

— Chapela, a garrafa de champanhe que retirei hoje da adega, deixe-a gelar meia hora antes da ceia. Vou cear às dez. Eu mesma arrumei a mesa. Descongele a lagosta e prepare-a do modo que lhe ensinei.

Cobria a mesa com rendas, porcelanas e cristais. E a lagosta, comprada por ele no continente, vinha na baixela, como um troféu de antenas abertas.

Aline, vestida de longo, ceava então à luz dos castiçais. E diante do retrato encimando a lareira, brindava ao marido nobre o mais francês dos champanhes.

Chapela ousava observar, extasiado e incrédulo, a beleza e o capricho de sua dona. Arrepiava-se, que nem bicho molhado. Admirava Aline, temendo-a.

— Chapela, jantar a bordo.

Calças de flanela branca, japona e botões dourados, ela servia-se no barco. O retrato do marido, pendurado na parede de madeira, olhava-a com pupilas vivas e risonhas, a fumaça se desprendendo do cachimbo. Brinde de cerveja, aos antigos velejos.

— Chapela, jantar frio na Biblioteca. Leite.

E o criado, em datas que não lhe pertenciam, obedecia.

O marido intelectual, um abstêmio, contemplava-a com admiração. Preso ao cavalete, recebia o brinde branco da paz. Escutava trechos dos autores favoritos.

— Jantar na varanda, Chapela. Traga uísque e gelo.

O último marido em bico-de-pena, sorrindo-lhe, reclamando em silêncio sua presença urgente, para salvá-lo da solidão.

Assim, Aline recordava aniversários.

Barcos passavam ao largo. A Ilha do Fim não possuía enseada favorável a pernoites. Lá, não aportavam nunca.

Enguicei a lancha diante da Praia do Caramujo.

Chapela, mais vulto que pessoa, pisou forte na areia, surgindo da mata. Seu rosto censurava.

— Alô! — gritei.

Desencaramujou-se e também gritou:

— A patroa não gosta de visitas!

A resposta agressiva não me amedrontou. Quando eu quero, quero. Não sou Aline, mas também sei querer forte.

— Preciso de ajuda! O motor pifou, e não consigo consertá-lo sozinha.

O espanhol apertou os olhos, a mão em concha a protegerlhe o rosto. Parecia índio desconfiado tentando descobrir.

— Um minuto!

Desapareceu na cabana de sapé e voltou, trazendo um ar ressabiado no rosto duro, e uma sacola de plástico na mão.

Aline surgiu no topo do monte, figura de lenda na subiteza mágica. Desceu vagarosamente a cor de laranja da longa túnica e os cabelos esvoaçantes.

Chapela aproximou-se dela. Cochichava curto. Ela escutou-o, e apontou minha lancha. Esperei.

Ele veio remando na canoa.

— Dona Aline manda convidar a senhora para descansar em terra, enquanto eu conserto a lancha.

O vento leve enchia-se mais, e mais veloz sobrevoava o mar. Levantei a gola da japona, enterrando o gorro de lã na cabeça. Apressei-me. Os olhos fundos do homem eram os de um animal acuado e me acusavam, parecendo dizer:

'Se vai demorar tão pouco, pra que levar bagagem?'

Sacola no ombro, só eu sabia por quê.

Aline sorriu. Mulher luminosa. Abriu os braços como se acolhesse uma platéia. Mar nos seus olhos, um mar de menta.

Cumprimentei-a:

— Desculpe incomodá-la. Saí da rota por descuido e o motor enguiçou. Consegui trazer a lancha até aqui, sabe Deus como. Muito obrigada pela ajuda e a gentileza de convidar-me.

Aline simples e simpática, eu não conseguira antes imaginá-la. Mas realmente era. Um sorriso brilhou no seu rosto belo de mulher madura.

— Deseja beber alguma coisa? Chá quente lhe fará bem.

Algum tempo antes, eu havia escutado falar de Aline. E agora descobria nela qualidades que não me haviam contado.

A natureza, a meu favor. O sudoeste anunciava temporal, crepúsculo rápido tornando-se noite. Aline não me deixaria partir, mesmo que Chapela fosse mágico e conseguisse consertar a lancha.

— Muito agradecida. Ficarei aqui esperando. Por favor, não se preocupe comigo.

Atirei a sacola ao chão e sentei-me na areia, dizendo:

— Estou relendo os originais do meu livro. Vou trabalhar enquanto espero.

— Você é escritora?

O mar de menta agitou curiosidade e entusiasmo.

Respondi com sinceridade:

— Quero ser.

— Gosto da palavra quero. Gosto de quem a diz.

Túnica e cabelo esvoaçantes, pés descalços, Aline ergueu os braços, aprovando.

— Pode-se isolar uma eternidade, mas um dia aparece a pessoa certa. Não é formidável?

— Serei realmente a pessoa certa?

Pergunta respondendo pergunta.

— Você sabe quem sou eu? O que representa este lugar para mim? Sou Aline. Também escrevi um livro. Lendo-o, você me conhecerá melhor.

Chapela ainda procurava a peça vital do motor, que se encontrava no meu bolso. Aline convidou-me a subir, adiantando-se nos degraus de pedra.

— Não é bonita, esta escada? Quero-a assim, irregular como a escada que se sobe durante a vida. Os corajosos, os de ambição. Covardes ou comodistas nem tentam.

Do alto, abria-se a vista magnífica do mar, estendendo-se em busca das montanhas que delineavam o horizonte. Névoa cinzenta envolvia a paisagem.

— Daqui posso ver o mundo, esteja ele rindo ou chorando. E o mundo não me alcança.

— O mundo sente saudades de você, Aline.

O sudoeste soprava, violento, e a chuva caiu farta e contundente, toda de uma vez. Bellatrix, afastada de terra, seguia os movimentos do mar. Minha lancha saracoteava. Chapela ergueu para nós a cabeça, cabelos encharcados.

— Pobre homem, Aline. É melhor chamá-lo. Dormirei a bordo e amanhã cedo será mais fácil consertar.

— Eu já ia chamá-lo. Este espanhol é um paradoxo. Adora a Ilha, passeia de canoa, entende de barcos e não sabe nadar...

Acenou, e Chapela obedeceu. Aline fechou o janelão.

— Tenho tantos quartos, um desperdício. Será diferente, você ocupar um deles. Já me desacostumei das pessoas, mas você chegou no momento exato. Há dias, sinto necessidade de me comunicar. E com Chapela, qualquer tipo de diálogo é impossível.

— O livro que escreveu, é romance?

— É a estória da minha vida. Vou mostrá-lo a você.

— Se sua vida é interessante, o livro deve ser também.

Aline riu. Riso livre, solto. Das gaivotas tinha o vôo irrequieto, mas era canto selvagem, fugidio, de alguma ave desconhecida.

— Eu só escreveria sobre minha vida se ela tivesse sido realmente interessante.

— Você está falando no passado, Aline, com tanto ainda para viver.

Ela fez um gesto de dúvida e abriu uma das portas.

— O seu quarto.

Deixou-me, deslizando em silêncio pelo corredor.

O cômodo espaçoso abria-se para o banheiro de louça antiga. Pareceu-me desconcertante mas agradável encontrar todo o conforto do moderno num ambiente de tempos antigos.

Tomei um chuveiro e retirei a roupa limpa da sacola. Deitando-me apenas minutos, experimentei a cama e afundei-me nela.

Tudo saindo certo. Melhor do que imaginara.

Leve batida na porta fez-me abandonar a sensação de enlevo. Era Chapela, vestido de copeiro. Sem muito sinal do homem rude de horas antes.

— Dona Aline me mandou buscar a senhora. Quer me acompanhar, por favor?

Segui-o. Inegável, a força de Aline. Aquele homem, sob a direção dela, poderia representar mais de um papel diferente, sem dificuldades.

Aline não trocara a roupa. O tom da túnica, bem ajustado à sua personalidade, dava-lhe à pele o suave da casca de pêssego.

O vento chorava alto, mas a chuva cantava. Controvérsia. Os sons da natureza se comparam às emoções humanas.

O aconchego da sala, a luz das velas, formavam o cenário de Aline.

Ela falou. A princípio com certo cuidado, e depois libertando palavras. Eu lhes conseguia ver a forma, quase concretizavam-se.

Chapela, correto, servia. Mas dando-me a constante impressão de bicho sorrateiro.

Ouvi atenta o resumo da vida de Aline. Os grandes momentos guardados na lembrança. Lembrança-relíquia. Fantasmas do passado passeavam pela sala.

— Quatro homens, Aline. Você contou sobre os quatro. Mas o primeiro, onde está ele?

Ela olhou fixamente para mim. O seu olhar atravessou-me fundo, indo longe, no tempo. Olhar sumido de menina triste. Arrependi-me da pergunta. Não devia ter tentado invadir o passado de Aline. Seus olhos continuavam cismando, pousados no que ela hesitava contar, após o vôo impetuoso sobre as revelações antigas.

Aline, toda emoção. Falava com os lábios, o queixo, o nariz bem recortado, as sobrancelhas que subiam ou se franziam, inquietas. Falava com os dedos finos e longos. E sobretudo, mais do que tudo, com os olhos. Quando emudecia, também o rosto ficava em silêncio. Mas os olhos continuavam sugerindo coisas não ditas, ansiando por dizê-las.

Sacudiu leve, mas decidida, a bela cabeça loura. Afugentava as sombras do pensar.

— Você escreveu um livro, então deve entender de livros. Gostaria que lesse o meu. É autobiografia sincera. Autobiografias, geralmente, disfarçam a verdadeira personalidade do autor, ele se esconde naquilo que desejaria ter sido. Ou então deseja iludir o mundo com impressões diferentes do seu caráter, que ele talvez desaprove. Biografa-se, mesmo sem querer, nas outras obras que se escreve. Minha vida está toda neste livro. Completamente despida.

— Seu livro será um sucesso, Aline.

— O estilo não importa. O que vale é a mensagem. Não fiz literatura. Fiz foi deixar tanto de mim nas páginas que escrevi, estou toda lá dentro.

— O que se escreve com alma torna-se uma obra-prima.

— Eu sei. A realização do espírito é aquela que nos sobrevive.

Naquele justo instante, ela era olhos, mãos, e uma afirmação.

— Você vai publicá-lo? Perguntei.

Abaixou a voz:

— Não sei... Talvez seja o momento, talvez seja antes do momento... Não sou jovem, também não estou velha. Mas sinto já ter vivido o mais importante que tinha de viver. O meu livro é uma catarse. Acredito que, após confessar-me a mim mesma, acabarei atirando o livro ao mar.

— Ainda há tanto futuro para você, Aline. Especialmente se pretende voltar ao mundo...

Chapela interrompeu-me, anunciando o jantar. Sem ruídos, esgueirando-se, deixou a sala como havia chegado. Uma sombra em movimento.

Sobre a mesa redonda as travessas de comida quente e bem temperada. Não fosse Chapela espanhol.

O vento, lá fora, atirava a chuva de encontro aos janelões fechados. Isto aumentava o valor da sopa fumegante.

— Não compreendo como você pode viver sozinha neste fim de mundo, Aline. Se fosse outro tipo de mulher...

— Eu estava farta de tudo. Preferi retirar-me a tempo. Está no livro, você lerá.

— Medo?

— Medir o medo nos ensina a ter coragem.

— E você aprendeu coragem?

— Alguma.

— Enfrentaria novamente o palco? Seria capaz de retornar à vida de antes?

Durante segundos, me pareceu que até o vento e a chuva tinham-se calado, para escutar a resposta de Aline.

— É difícil uma resposta sincera e positiva. Coragem eu tenho, mas não sinto vontade. Acostumei-me à paz. Aqui, eu penso. Naquele turbilhão eu fazia tudo, menos pensar.

Resolvi entrar em águas perigosas, sabendo o tamanho do perigo e suas conseqüências. Mas não consegui evitá-lo.

— Aline, qual deles você ainda ama?

— Maridos?

Pensei que ela fosse encher a sala com uma de suas deliciosas risadas. Não, ficou apenas pensativa.

— Nunca deixou de amá-lo, verdade?

— Agora sou eu quem pergunta: qual deles?

O primeiro. O desconhecido, sem retratos nem brindes.

— Isto também já foi boato.

— Ele deve ter sido extraordinário, Aline. Somente um homem extraordinário permanece amor de mulher extraordinária.

Aline empalideceu, o rosto não se incomodando de demonstrar.

— Quem foi ele, Aline?

— Está no livro. Você ficará sabendo.

Chapela rondava, oculto na própria sombra. Ele e a sombra, um só.

Elogiei o jantar. Voltávamos ao salão e ela me disse:

— Chapela costuma ir ao continente para compras. Mas legumes, frutas, ovos, tudo é daqui.

Era a dona-de-casa, orgulhosa da terra, do seu chão.

O cafezinho estava quente e fresco. Insisti:

— Se ele voltasse, Aline. Se dependesse de você decidir...

— Acho que agora é tarde para ilusões. Já vivi demais, esperei demais.

Aline vacilava. Mas já não podíamos parar. Tínhamos chegado à metade de uma conversa muito íntima. Minha curiosidade tornara-se amiga e solidária. Queria melhor saber, para melhor ajudar.

Num tom sussurrante ela confessou:

— Se ele aparecesse... Se eu o encontrasse... Eu o seguiria para sempre...

Respeitei a confissão reticente e a pausa necessária para se refazer.

Ficamos em silêncio, ignorando Chapela, e ele retirou a bandeja sem qualquer ruído. A chuva não mais cantava. Chorava de encontro às paredes da casa, as lágrimas que Aline devia estar chorando por dentro. A ventania lamentando aquilo tudo, enraivecida.

Desejei que Aline me desse boa-noite, deixando-me livre para ler seu livro. Também desejei ajudá-la, embora palavras de nada adiantassem. Rapidamente refez-se, dizendo com aparente tranqüilidade:

— Você deve estar cansada. Aceita um licor antes de dormir?

— Licor não, obrigada. Mas gostaria de ler os originais de seu livro. Posso?

— Agora?

Afirmei com a cabeça.

— Está lá, sobre a mesa da Biblioteca. Quando quiser...

Eu queria saber, dito por ela. Ousei:

— Você mostrou-me o retrato de todos. E o dele? Onde está?

Ela apontou cabeça e coração:

— Aqui, e aqui. Não preciso emoldurá-lo nem pendurá-lo na parede. Eu posso desenhá-lo na mente.

Acompanhou-me até a porta do quarto e despediu-se, deslizante.

Deitada, não consegui dormir. O vento e a chuva misturavam-se à estória de Aline, às recordações que reavivara em minha companhia. Tudo formando um sonho alaranjado, cor de sua túnica. Os amores, o teatro, a solidão, a vida de uma bela e talentosa mulher.

Acordei com o som nervoso de vozes longínquas, subindo da praia. Era a primeira vez que o sotaque acentuado do espanhol se erguia com violência.

— A senhora não pode fazer isso sozinha, Dona Aline. É perigoso. Deixa que eu faço. Deixa que eu faço!

— Depressa, Chapela! A âncora deve ter sido arrastada. Depressa! É preciso salvar Bellatrix!

Abri a janela. Chovia menos, e a noite escura engolira a paisagem. Saí do quarto e consegui andar pelo corredor com a luz da minha lanterna. O janelão da sala não ofereceu resistência. Uma luzinha menor se equilibrava lá embaixo, e eu adivinhava mais do que via.

O barco estava sendo arrastado ou se aproximara perigosamente da terra. Problemas com a âncora. Eu mal distinguia os dois vultos tentando entrar na canoa. Chapela, abrigado sob um pedaço de lona, insistia em proteger Aline.

Não devia ser tarde, nem muito cedo, na madrugada. Aline ainda vestia a túnica e eu apenas cochilara. Minha vontade de lhes ser útil acompanhou-os até o veleiro. Mas qualquer movimento que eu fizesse para ajudá-los, chegaria com atraso.

Foi fácil encontrar a Biblioteca. Atmosfera quente e íntima, confortável.

O manuscrito, sobre a mesa, pedia para ser lido. E eu li. Os ruídos na praia tornaram-se mais fracos, o vento amainou, a chuva cansou de cair.

Quando os pássaros começaram a cantar, no arvoredo ao redor da casa, eu já cabeceava de sono. Fechei o livro, voltando às tontas para o quarto. Caí na cama e mergulhei no sono, sem mesmo ter tido tempo de apreciar o fofo do colchão e a maciez do travesseiro.

Acordei tarde. Não havia sons na casa, adormecida pelo vento e a chuva da véspera, e pelo esforço que certamente Aline e Chapela haviam esgotado, para salvar o barco. Prolonguei a preguiça, espichando-me e pondo em ordem mental os capítulos que lera durante a madrugada. Pobre Aline. Tanto conseguira da vida e tão pouco realmente a satisfizera.

Abrindo o janelão, respirei a brisa fresca do mar, estendido além da Ilha do Fim. Não há fim, no mar. Quando se pensa tê-lo atingido, já se está de volta ao começo.

Avistei Chapela sentado na areia, cabeça enfiada nos braços cruzados. Bellatrix, linda e salva, mastro aprumado, contava a sua estória para minha lancha. Tudo muito na calma, tudo muito ao sol morno da manhã.

Saí do quarto e da casa emudecida, desci os degraus, debruados de erva pontilhada dos grãos de chuva.

'Iguais aos degraus que a gente sobe na vida...'

— Bom-dia, Chapela.

O rosto sombrio e escurecido refletia cansaço.

— Vou dar o café e depois levar a senhora para terra, na voadeira. Preciso uma peça para consertar a lancha e acho melhor rebocar ela. Vou dar um jeito...

— Vocês tiveram problemas esta noite com o barco, não foi? Quando escutei, já não adiantava mais minha presença.

Seu olhar frio encostou em mim como se fosse a ponta de um punhal.

— Dona Aline ainda está dormindo, Chapela?

Ele abaixou humildemente o rosto. O nome da patroa era sagrado. Perturbava-o.

— Dona Aline vai dormir o dia inteiro. Pediu para eu atender a senhora. E pediu também para a senhora não voltar mais aqui. Ela quer sossego.

Nas palavras de Chapela, em seu modo de dizê-las, algo soara artificial. Algo errado, estranhamente errado, amanhecera na Ilha do Fim. Nem o esplendor da manhã conseguia consertar o presumível erro. O cheiro forte das folhas lavadas, a maresia desprendida da areia encharcada e dura anunciavam algo errado, até o próprio andar vacilante de Chapela.

O criado voltou, carregando a bandeja. Colocou-a sobre a mesa de pedra, abrigada pela copa verde da árvore. Trazia a tiracolo minha sacola. Chapela não gostava de mim, mas era evidente a sua adoração pela patroa. Compreensível, a raiva pela visitante que a roubara por algumas horas, fazendo-a falar. Chapela tudo escutara, na noite anterior. Não gostava de mim porque eu afirmara a Aline o quanto o mundo ainda reclamava a sua volta.

Comi sem pressa, preocupada com a seqüência de acontecimentos que se entrechocavam em minha mente. O acolhimento simpático de Aline, sua alegria sincera de afinal abrigar uma hóspede. Hóspede que também escrevia livros. As confidências, o interesse em mostrar-me a sua biografia. E depois, a fria despedida, não combinando com a personalidade da mulher. Eu precisava mais tempo para refletir. Sim, algo errado, na manhã gloriosa.

— Vou descansar aqui mesmo, Chapela. Dormi pouco esta noite. Iremos juntos, mais tarde.

Ele estava ansioso, mas o cenho carregado se desanuviou com a idéia de me ver longe dali, após o repouso.

O que eu realmente desejava era rever Aline.

Chapela entrara caminho adentro, entre arbustos. Aproveitei e subi correndo até a casa, ainda adormecida. Peguei o manuscrito e desci, com a vida de Aline em minhas mãos.

A praia continuava deserta. Sentada no barco de pedra, reabri o livro. Difícil concentrar-me. O sol tépido, a manhã fresca, o gingar dos barcos balançando nas águas agora mansas, trouxeram-me de novo aquela sensação estranha. A claridade do mundo ocultava um ponto obscuro. Uma sonolência tomou conta de meus sentidos. Gostei de senti-la, conquistando-me aos poucos.

Aline surgiu então saindo do mar. Tentava libertar-se das ondas leves que a traziam e a levavam de volta. Na onda mais alta, atirou o corpo para trás, e o seu riso espalhou-se pela praia. Riso diferente, riso soluço. Despida, igual à sua vida no livro que escrevera, os olhos não possuíam mais da menta o colorido e a impressão de sabor. Tintos de sangue, choravam lágrimas vermelhas. As mãos finas apontaram-me o barco. E foi-se deixando levar pelas águas, até submergir completamente.

Acordei assustada. Minha sensibilidade recolhia algo novo, sem conseguir identificá-lo. Aline, sumida dentro de um sonho.

Não, eu não podia voltar sem me despedir daquela mulher sensível, que me hospedara com carinho e me confiara tantas lembranças. Ela jamais me daria um adeus frio e lacônico, por intermédio de um criado.

Sem dizer palavra, pus em movimento os músculos doloridos. Enveredei pelo caminho de arbustos, seguindo o ziguezaguear do caminho limpo. Não era passeio, era uma busca. Procurava o desconhecido, num vago pressentimento. Andei e andei voltas e mais voltas. Parei diante da cabana, Chapela encostado nela. Suas feições escurecidas tinham se esbranquiçado. Emudecido, não parava com os olhos. A agitação que lhe ia no íntimo explodiria, se ele continuasse sem falar.

— Você mora aqui, Chapela?

No estado em que estava, ele não poderia compreender o tom amistoso da minha pergunta.

— Vamos embora, minha senhora. Já vai o tempo...

Estava apavorado.

— Posso entrar? Uma visitinha rápida?

— Não!

Levantou os punhos, em ameaça.

Avancei, procurando conter meus nervos.

— Se Dona Aline souber disto, punirá você. Mas nada contarei. Só quero despedir-me dela.

Ele desapertou os punhos ameaçadores, afrouxando a rigidez do rosto. E caiu num pranto sacudido de soluços. Já não dava mais conta de minha presença.

Não tentou impedir-me, quando abri a porta da cabana: um só cômodo, tosco mas limpo. O colchão sobre o estrado. E alongada, como se em repouso estivesse, vibrante de cor no ambiente apagado, a túnica alaranjada de Aline.

Desnorteada apoiei-me na parede. Se não o tivesse feito, teria caído.

Chapela, o choro convulso estancado, igual a torniquete estancando o sangue da veia aberta, arrastou-se até meus pés. Abraçado na túnica, gemia.

— Ela morreu ontem tentando salvar Bellatrix, não foi, Chapela?

Soluçando, sempre agarrado à túnica, Chapela ergueu-se e alcançou uma faca de pescador. Levantou-a para mim. Horrorizada, não consegui sair do lugar. Nem mesmo defender-me, o meu instinto de conservação inesperadamente paralisado.

No entanto, eram os olhos dele que suplicavam.

— Mate-me! Mate-me, pelo amor de *Dios*!

A lâmina brilhava a morte dele, não a minha. Tomei-lhe a faca, sem que ele opusesse resistência.

— Mate-me! Mate-me!

Continuava a suplicar loucamente. Possesso, agarrava-me o punho, querendo obrigar-me a matá-lo. Recuei até o umbral da porta, e dali fugi para o jardim.

Ele seguiu-me, segurando a túnica de Aline.

Então, o sotaque nervoso estourou como um dique, deixando jorrar a confissão represada:

— Eu matei ela! Eu matei ela! Mate-me, por amor de *Dios*! Quero ir para ela! Quero pedir perdão...

Chapela espumava sons misturados. Surpreendida, refugiei-me no silêncio do horror.

— A senhora foi a culpada de tudo! Ficou falando, falando... Eu não gostava daqueles retratos... Mas não sabia que tinha outro no coração dela... Eu amava ela cada dia mais! Ela era minha, só minha! Eu fazia tudo, ela precisava de mim... Um dia, eu pensava, um dia ela vai me querer... Só amei esta vez na vida. E a senhora apareceu e ficou tentando ela para abandonar a nossa Ilha! Obrigou ela a contar que amava outro homem...

Ela, ela, ela...

Escondeu a face intumescida nas mãos grosseiras. Olhei a faca, presa entre meus dedos. Atirei-a longe. Teria Chapela matado Aline com aquela faca?

— Ontem, não agüentei. Não queria perder ela. Foi duro salvar o barco. Arrisquei minha vida, eu que nem sei nadar. Quando tudo acabou, nós ficamos na cabine. Molhados de mar e de chuva, cansados. Não toquei nela, juro! Senti foi vontade de abraçar, tão coitadinha, tão aflita. Senti vontade de beijar aquela boca tão bonita... Aí, ela chorou. E a senhora sabe o que a gente sente quando vê o amor da gente chorar? Fiquei louco de desejo de ter ela só para mim, de secar os olhos dela com meus beijos. Mas só fiz a coisa errada. Ajoelhei e pedi perdão de confessar o meu amor grande. O meu amor que tinha crescido tanto!

Chapela calou-se. Abriu muito os olhos dementes, e falou num tom desatinado:

— Se ela tivesse cuspido na minha cara, se ela tivesse me dado uma bofetada... Se ela tivesse gritado, até me enxotado... Eu teria sofrido diferente... Eu teria sofrido menor...

Seu hálito quente bafejava-me o rosto. Senti náuseas. Não havia, entretanto, cheiro de álcool. Era loucura só.

— E a senhora sabe o que ela me fez? A senhora sabe?

Esticou o pescoço e sacudiu os braços. Apesar da distância mínima que me separava de um homem enlouquecido, tão perto de um crime, eu já não sentia medo. Apenas uma grande piedade, um quase respeito. Nossos rostos por pouco não se tocavam.

— Mas a senhora sabe o que ela fez comigo?

Sacudi a cabeça. Eu não sabia.

— Ela jogou o corpo para trás, olhando o teto do barco para não olhar a minha cara... E deu uma gargalhada! Uma gargalhada, sabe? Bem grande, sabe? Bem grande, bem comprida... O barco ficou todo cheio da gargalhada dela. Tudo! Eu teria agüentado tudo! Mas aquela gargalhada de desprezo, achando graça na única coisa bonita que eu já senti até hoje! Foi demais... Eu estava fora de mim por causa do cansaço. Avancei para ela com estas mãos. E apertei o pescoço fino para acabar com aquele riso que me punha doido... Colei minha boca na dela... Quanto mais eu beijava, mais eu apertava. Sem querer, sem saber, eu estava acabando com o riso e com a vida dela...

Chapela gemia, ganindo, a expressão de loucura tornando-o mais real, menos ausente do que sempre parecera.

— Ainda sinto o perfume dela... Ainda sinto... Ela ainda não acabou...

— Aline não acabará nunca, Chapela. Mas e o corpo, onde está o corpo?

— Atirei ao mar... Mesmo morta, ela continuava linda... Parecia um anjo.. Agora, ninguém me tira mais ela...

— Aline não ia deixar a Ilha do Fim, Chapela...

— Se ele aparecesse, ia deixar sim! Largar tudo para viver com ele.

— Ele quem, Chapela?

— O primeiro marido. A paixão da vida dela, que a senhora desenterrou, com as suas perguntas.

Eu não tinha mais forças para falar, não sabia o que fazer. Sussurrei:

— Você nunca leu o livro que ela estava escrevendo?

Abaixou a cabeça, envergonhado.

— Não sei ler. Não sei nem nadar...

Reuni um pouco de coragem:

— Ninguém lhe fará mal, Chapela. Você está doente, doente de amor. Venha comigo, confie em mim. Quero ajudar você.

Ele não ofereceu resistência. Seguiu-me, abraçado à túnica.

Pobre Aline! O primeiro marido, o desconhecido, aquele de quem ninguém sabia, não existira nunca.

O primeiro marido era personagem-sonho de menina-moça. O ente de razão criado e crescido na mente, ansiado, esperado. Desejou-o, sem jamais chegar a conhecê-lo.

Frustrada, imaginava. E apaixonou-se pela imagem formada no seu espírito adolescente. Procurou nos quatro casamentos o ente de razão que trazia na alma. Traiu-os com o ser imaginário que ainda procurava.

'Se ele aparecesse... Se eu o encontrasse... Eu o seguiria para sempre...'

Aline, mulher de fortes reações emocionais. Imaginosa, vibrante, extremamente sensível. Inquietação lhe dominando tempo e gestos. Desassossego, vontade de paisagens e ambientes novos. Não lhe bastara uma vida só, por isso se fizera atriz. Para desdobrar-se, absorver a substância de todas as emoções criadas ou percebidas. Nômade, viajara por muitas vidas, hospedando-se temporariamente em cada uma delas. Mas sempre pronta para retomar caminho.

Em seu temperamento crescera o desejo da perfeição absoluta. No palco, a reviver estórias e personagens, o anseio por uma catarse de teatro grego sublimando a emotividade. Na vida, o desconforme desígnio de encontrar o companheiro perfeito que idealizara.

Criando mentalmente a figura do homem desejado, uma síntese de qualidades entressonhadas, à procura delas viveu. Nenhum dos seus quatro maridos reais poderia ter a plenitude de traços e predicados da imagem, surgida na fantasia. Por esse motivo, foram todos eles episódicos. Em cada primeiro encontro, desapercebidamente, germinava desde logo o desencontro. A separação inevitável. A presença do inexistente.

Aline refugiou-se na Ilha do Fim. E a sua criação mental, o seu ente de pensamento, mais ainda dominou-lhe a vida. Como se existisse, na soma de aspectos dos quatro maridos.

No conflito entre o ideal, a emoção e a realidade, Aline fugira. Por um processo de falsificação da memória, passara a crer no que antes fora simples fantasia consciente.

O 'primeiro marido' começou a existir num plano de realidade fabricada, redesenhada pela imaginação. De algum modo, existira sempre. Aline o encontraria, quase completo, na recordação dos maridos que teve. E também na solicitude silenciosa de Chapela.

Em apreensão, incerteza, indecidia-se:

— Não sei... Talvez seja o momento, talvez seja antes do momento... Mas sinto já ter vivido o mais importante que tinha de viver...

Em cada encontro, a semente do desencontro. E ao mesmo tempo, Aline descobria mais uma peça do mosaico para o retrato do homem desejado. O ente de razão, aos poucos composto, construído com pedaços de realidades relembradas, aparece de repente como realidade ficcional, dominando o presente.

Dos plurais passados, a unidade se forma, projetando-se na vida. Como se existisse, mesmo. E um dia lhe traz a morte. A morte, no meio de uma gargalhada.

Pobre Chapela... Medo de perder a mulher amada para um ser inexistente. O destino, embaralhando. Pobre Chapela... Temendo perder a mulher amada que jamais seria sua.

Apertei o manuscrito de encontro ao peito.

Chapela caminhava, envolto na nebulosa do pesadelo. Não falou. Não mais gritava. Tomei-o pelo braço.

— Vem, Chapela. Sou sua amiga, compreendo você. Ninguém tem direito de eliminar uma vida. Vida é obra de Deus. Mas eu compreendo... Vem, achei a peça que faltava no motor da minha lancha. Ninguém lhe fará mal...

Parecia uma criança, sacudindo a cabeça, que sim, que sim. Mas a vida, para ele, seria dali em diante apenas um não, em seu espírito desequilibrado.

Nós dois, num último olhar, nos despedimos da Ilha. Víamos, com a necessidade de ver, a figura altiva de Aline, no topo da escada irregular.

Liguei os motores e recolhi âncora, dando partida. Chapela obedecia, sem sentir. Parecia um autômato. Conservava-se calado, mas suas palavras ainda feriam meus ouvidos:

E a senhora sabe o que ela me fez? A senhora sabe? A senhora sabe o que ela fez comigo?

Melancólico silêncio encrespava de leve o mar. Mas havia reflexos novos: o mar ganhara Aline.

A lancha corria ligeira. Após algum tempo eu me senti subitamente só. Virei-me e não vi Chapela. Dei a volta, procurando-o nas águas. Ainda consegui ver-lhe a face congestionada. Seus olhos fundos sorriram-me gratos e felizes, logo sumindo no mar.

Não sei ler... Não sei nem nadar...

Aline, Aline, o que fazer de sua vida?

... Acabarei atirando o livro ao mar...

Atirei o manuscrito na água revolta.

A espuma branca abriu-se em franjas e levou-o às profundezas.

A realização do espírito é aquela que sobrevive.

Você criou um ente de razão, Aline. O seu Golem. Ele sobreviveu, alimentado com a sua alma. E, no entanto, destruiu você.

Para construir um mundo, gastam-se os tempos. Para destruí-lo, basta um minuto.

A gaivota. Outra gaivota. Mergulharam e depois prosseguiram no vôo de liberdade.

Se ela tivesse cuspido na minha cara, se ela tivesse me dado uma bofetada... Se ela tivesse gritado, até me enxotado... Eu teria sofrido diferente... Eu teria sofrido menor...

Como será sofrer menor, Chapela?

Mas a senhora sabe o que ela fez comigo?

Aline, Aline, o que fez você com Chapela?

Ela jogou o corpo para trás, olhando o teto do barco para não olhar a minha cara... E deu uma gargalhada! Uma gargalhada!

O riso de Aline, toda uma vida. E a morte, a se desesconder...

Café dos Lilases,
à espera de André

Ela vigiava, perdida num meio
sonho onde a realidade surgia
deformada e macia, sem
pensamentos, em visões.

Clarice Lispector
O *Lustre*

Tão longe no tempo, aquele salãozinho do Café dos Lilases...

A lareira e os cobres muito bem polidos, cortinas véus-de-noiva nas vidraças, e os enfeites de louça sob as janelas. Nas paredes, alegres gravuras antigas. Toalhas adamascadas vestindo mesinhas, a louça fina, o cheiro suave das flores...

Um meio-silêncio sussurrante, as pessoas se olhando mais do que dizendo. Bolinhos e biscoitos frescos desmanchando na boca, e o *praliné* fumegante. A moça, avental de organdi, renda nos punhos, 'um pouco de creme?'. Lá fora, passarinhos sempre cantavam, completando a atmosfera mágica interior.

O sorriso de André. O tom forte hematita de seus belos olhos minerais, que não se endureciam nunca, semi-ocultos pela franja de cílios. Os lábios de André beijando o espaço em sua direção, e ela colhendo-os no ar, já possuía então montes de beijos guardados. A voz de André, *nosso amor será eterno...*

Tudo se transformara.

Agora ela estava na Lanchonete dos Lilases, e não mais os havia. A medonha porém útil bomba de gasolina ocupava o lugar do jardim.

O romântico e tortuoso caminho de pedrinhas soltas fora engolido pela estrada moderna, reta e rápida.

Máquinas fabricavam agora instantâneos e suculentos sanduíches para a nova geração esfomeada, refrigerantes substituindo o *praliné*. O mundo resfolegante tem sede e não tem mais tempo.

Ah, saudosos velhos tempos...

A velhinha miúda, olhos desbotados por trás das lentes grossas, e os cabelos brancos com reflexos azuis, observava e relembrava.

Onde estaria André? Ainda se lembraria dela? O ardor de sua paixão resistira ao tempo? Transformara-se igual ao Café dos Lilases, ou desaparecera com o jardim?

Abriu a bolsa de napa, tão flácida quanto a pele de seu rosto. Tirou o estojo de pó e olhou-se no espelho com atenção, contando as rugas. Procurou na lembrança o rosto jovem e bonito que antigamente costumava refletir-se ali. Jovem, bonito, mas inquietamente apaixonado. E amedrontado: 'Quanto tempo vai durar essa imagem? Espelho, você que nunca mente e por isso é cruel tantas vezes, me diga, falta quanto para se refletir em você uma velha?'

A velhinha suspirou saudades, fechou o estojo.

André tão mais moço e confiante no que ele chamava a imortalidade do amor verdadeiro. André e a glória de ser jovem, decidindo o futuro deles com uma certeza encantadoramente impossível.

A voz mansa, porém firme, alcançando o futuro e trabalhando nele com palavras, palavras... Os olhos-hematita implorando-lhe que o aceitasse como era. E o cabelo negro e liso, encrespado ligeiramente na nuca. Ela podia ficar horas e horas alisando-o, e as pontas voltariam a se encrespar. A boca de André, sempre ávida de beijos. As carícias de suas mãos largas...

A paixão pretende uma força sobrenormal, e no entanto é mais frágil do que o amor. Vai se desgastando nos repetidos da rotina, e subitamente já sumiu, deixando um vazio na alma. Era isso que ela temia. A rotina, os desgastes, o vazio, quando os anos consumissem a paixão da juventude de André.

Ela procurava então refúgio na esperança. Distraía-se com ilusões.

Ninon de Lenclos, aos setenta anos, não provocara duelo entre seus dois jovens apaixonados?

Disraeli, interpelado pela Rainha Vitória sobre o que mais desejava possuir em retribuição aos fiéis serviços prestados à Coroa, não escolhera um título de nobreza, a fim de colocá-lo em mármore no túmulo de sua mulher muito amada, alguns anos mais velha do que ele?

Ela fazia desfilarem os exemplos diante de si. Mas, atrás do entusiasmante cortejo das velhas senhoras muito amadas, cabriolava o medo, caricato sob os falsos adornos, atiçando-a, provocando-a. Lembrando-a.

Como seria o futuro com André?

Sublime, querida, sublime!

E então, o Café dos Lilases. O último encontro. Os últimos beijos apanhados no espaço. O último aperto de mãos entrelaçadas, os belos olhos minerais de André implorando.

O medo de perder André no futuro, quando ela não mais tivesse forças, fizera-a desertar enquanto sentia coragem.

Agora, dialogava com as suas recordações. Se ao menos houvesse tentado... As tentativas são sempre válidas, mesmo que os sonhos se desmoronem. E ela não ousara. Fora covarde.

Suspirou profundamente, ansiando liberar a alma daquele peso, carregado há tanto tempo. O remorso da fuga.

Aproximou-se um garçom.

— A senhora deseja alguma coisa?

Sorriu, recusando.

— A senhora espera alguém?

Sorriu, assentindo. E murmurou:

— Há anos.

O garçom a olhara, meio interrogativo e também desconfiado, e se afastara, deixando-a a sós com seus pensamentos.

André se lembraria?

A verdade é que agora precisava dele, mais do que nunca. Precisava dele para continuar vivendo.

Olhou em volta, dando-se conta, só então, de que pessoas, vozes, e um movimento inquieto e ruidoso a rodeavam na sala do restaurante moderno, onde as flores de plástico ousavam desabrochar em vasos de cerâmica.

Adiante, um senhor palitando os dentes, ar deleitado de quem palita e não importa que isso incomode os outros. Junto dele, uma possível esposa, de rosto murcho e contraído, atenta às anotações que escrevia num caderninho, talvez as despesas de viagem.

André jamais usaria palitos em público. E não teria o mau gosto de se casar com mulher feia. A contragosto, lembrou-se de súbito que aquela mulher poderia ter sido bela, quando jovem.

Outro homem, na mesa próxima. Solitário, igual a ela. Mas usava peruca. Ah, se pudesse avisá-lo como são atraentes os homens de testa alta e lisa... Carecas sugerem tanta intelectualidade... Se os negros cabelos de André estivessem brancos, ou até mesmo já não mais existissem, ela não se importaria. Mas peruca, francamente. Não, André abominava artifícios.

Bigodes grisalhos, um sorriso todo dentes, sem direção. Não. André nunca desperdiçava sorrisos. E sabia que ela não gostava de bigodes. Positivamente, aquele também não era André.

O gorducho, mergulhado no jornal. Comeu lendo, bebeu lendo, e ela juraria que ele degustara com mais prazer o jornal do que a comida. André requintado, cultivando as boas maneiras sem esforço, tão naturalmente. Ele sabia escolher os pratos, os vinhos, sabia apreciar uma refeição. André, aquele homem? Nunca.

Foi então que *ele* entrou. Ela estremeceu, assustada.

Estarei projetando a imagem querida diante de mim, ou esta é a própria realidade? André ainda existe, fora de meus sonhos...?

E de repente, uma visão muito viva. André parado, com os olhos à procura. Dela, ou de uma mesa? Sentiu a força de sua presença, o adorável jeito tímido de quem se exercita para conter a impetuosidade. Paletó de *tweed*, bengala, a cabeça leonina toda branca. Envelhecido, porém André.

'Devo acenar-lhe ou me manter também à espera? Mas já esperei tanto... Sorrir, sim, sorrir.'

Ele também sorriu e se aproximou, os queridos ombros encurvados.

Olhos minerais, o belo tom hematita, caindo devagarzinho nos dela, protegidos pelas lentes e desbotados pelas lágrimas. Mas agora secos, cautelosos, para não turvar a imagem à sua frente.

Convite feito sem palavras, o gesto gracioso. Ela ainda sabia ser graciosa.

O garçom, aliviado porque a velhinha não estava mais perdida no mundo, anotou no bloco de notas duas laranjadas e dois sanduíches de queijo e presunto.

Ela e André, sem muito dizer. Não ousavam penetrar no passado, evitando ferir o presente. Qualquer frase definida, determinada, e vacilaria o mundo que ambos haviam construído com a persistência de uma longa espera. Era preciso preservar a magia do reencontro.

Mas até quando agüentariam?

Num grupo, o rapaz cochichou ao ouvido da garota:

— Olha que bacana o namoro dos velhinhos. Vamos ser assim, gatinha?

A garota recuou com desprezo, a cara lavada torcendo careta:

— A vida inteira com o mesmo homem? Tá louco! Aqueles dois deviam era estar num museu...

Ela e André, juntos. Mãos entrelaçadas sobre a mesa. Tomaram as laranjadas e mal tocaram nos sanduíches.

Palavras poucas, sim, mas algumas libertas, ainda flutuando no ar.

'Viagens... Netos... Viuvez...'

Saíram juntos, ela sentindo-se pequenina outra vez, de braço com André.

Cruzaram na porta com dois homens de aparência jovem e forte. E ela amou ainda mais os ombros encurvados de André, a cabeça leonina muito branca e a necessidade que ele tinha de se apoiar numa bengala. Amava André como ele estava agora.

Ah, se eu pudesse adivinhar que ambos envelheceríamos tão juntos, tão iguais, sem a temida diferença...

Os dois homens entraram no Café dos Lilases, e se sentaram na mesa recém-desocupada.

Um deles retomou o fio interrompido da conversa.

— Agora você entende porque eu volto, sempre que posso. Ainda a espero. Vou esperá-la sempre.

O outro ofereceu-lhe um cigarro.

— Ela deve ter sido uma criatura maravilhosa. Após tantos anos... após tantas mulheres...

O tom hematita brilhou nos belos olhos minerais:

— Ela foi o meu primeiro amor e o meu primeiro sofrimento. Suponho que já deva ter me esquecido. Mas gosto de vir neste nosso lugar, fantasiando a idéia de um reencontro...

Gemini

A outra — a incógnita e anônima — essa outra minha existência que era apenas profunda...

Clarice Lispector
A Paixão Segundo GH

O cais, dentro daquela tarde quieta e fria, em Liverpool, exibia um aspecto desolador. Chegadas e partidas ali aconteciam, espalhando alegrias e tristezas, com sabor de maresia.

O funcionário, uniforme escuro e botões dourados, olhou a mulher e sorriu. Ela estava mais uma vez no recinto fechado e aquecido que antecedia o salão de embarque. Chegara com a maleta de couro caramelo, elegância discreta e a mesma expressão de sempre. Talvez não muito triste nem muito preocupada, porém uma vaga mistura dos dois.

Absorvera-se na leitura de um livro, também como sempre, e, apesar da temperatura ali dentro ser bastante cálida e acolhedora, ela conservava o casaco de pele de carneiro e o gorro combinando.

Os grandes olhos cismadores eram limpidamente azuis atrás das lentes dos óculos. Testa larga, boca expressiva e um nariz delicado. Nada de especial e contudo marcava presença. Seu olhar dardejava centelhas a distância, se algo lhe chamasse a atenção. E com a mesma subiteza podia apagá-las, sem motivos visíveis.

Também sabia sorrir. À criança empurrando a mala grande dos pais, ao casal de namorados, ao navio que se aproximava, visto através das paredes de vidro. E sorrir, cumprimentando o funcionário da Companhia, que já se tornara parte do embarque de cada passageiro.

Ainda era cedo e a mulher estava sozinha.

Logo após chegou o homem de terno escuro, usando colete e carregando o sobretudo de lã no braço. A pasta, com fechadura de prata, revelava a sua posição no mundo dos negócios. Aliás, cada movimento e cada parte dele e de seu vestuário traduziam os sinais de uma confortável posição na vida.

O funcionário, acostumado a analisar pessoas e tendo feito disto um hábito quase inconsciente, poucas vezes se enganava.

O recém-chegado transmitia distinção. Os olhos cinzentos, densos e doces, pareciam desligados, porém mantinham-se alertas. Cabelos lisos bem cortados, mais grisalhos do que louros. Atraente e elegante.

Ao perguntar se o navio estava no horário, agradeceu com delicadeza a informação e o sorriso resgatou-lhe alguns anos.

Colocou a mala maior num canto, o sobretudo dobrado sobre ela. Iniciou então uma caminhada pelo recinto, em passos largos e cadenciados. Dir-se-ia um moderno Aristóteles, naquele modo peripatético ministrando uma de suas aulas. Observava, discretamente, a mulher sentada a sós com o livro.

Ela havia erguido os olhos duas ou três vezes e fitado o caminhante com algum interesse, acautelando-se, porém, a fim de não demonstrá-lo.

'Têm quase uma hora para se aproximarem antes de subirem a bordo. Estão procurando fugir deles mesmos. Ela, nas páginas do livro. Ele, na quantidade enorme de passos que já espalhou pelo chão da sala. Precisam desta viagem e talvez se precisem mais ainda...'

O funcionário aprovou a própria idéia e, olhando-os uma última vez, retirou-se.

A leitura e os passos estancaram repentinamente.

Ele perguntou, numa voz suave:

— Vai também à Irlanda?

Arrependeu-se da pergunta.

É claro que ambos iam à Irlanda. Para isto estavam ali, à espera do navio. Consertou a frase, acrescentando:

— Dublin?

— Perto de Dublin.

A resposta, lacônica. A voz, cansada, ou talvez aborrecida pela interrupção. Nos seus olhos, contudo, surgira um brilho rápido.

Homem perspicaz, acostumado a conviver, aturar e muitas vezes lutar com e contra pessoas de todos os tipos, não foi difícil ao seu espírito analítico apreender a personalidade de sua companheira de viagem.

Ainda perguntou alguma coisa. Ela estendeu o livro, mostrando-o. Devem ter comentado sobre o escritor. Trocaram poucas palavras, e as centelhas azuis dos olhos dela se apagaram todas, escolhendo de novo a leitura a fim de ali depositarem as cinzas.

Ele deplorou a impossibilidade de se dissolver o mistério que os separava. Durante minutos, houvera uma ansiedade disfarçada para se unirem num diálogo revelador, falarem de si, se embeberem deles mesmos, cada um oferecendo um pouco, até a compreensão total que os unisse.

Continuou na sua caminhada peripatética pela sala. Lamentava a completa ausência de coragem para abordá-la novamente. Porque ela o atraía de maneira irresistível. Talvez a tivesse esperado a vida inteira. E a coisa acontecia com tamanha força, era difícil deixar de acariciá-la com os olhos.

De súbito, descobriu que poderia amá-la. De um modo quase irreal, abrupto e lancinante. Desejava-a fisicamente. E mais do que isto, queria conquistar-lhe a alma e fazer-se amado. A sensação mantinha-se num plano confuso, mas era excitante.

Ele se considerava um perito em manobrar mulheres belas, mimadas e manhosas. Libertara-se de um casamento enfadonho, há anos, efetuado mais pela conveniência do que pelo amor. Era jovem e ambicioso naquela época. No jogo da vida, saíra vencedor. Conquistara a riqueza e o poder. E, no entanto, continuava a exigir. Agora, ao contrário do que obtivera até então, queria transformar em sonho uma realidade que o atingira plenamente. Sempre considerara o amor à primeira vista uma leviandade. Agora começava a sentir dúvidas.

Outros passageiros entraram e ocuparam os bancos. Muitos de pé, irrequietos, à espera. Um vozerio manso alterava o ambiente. O funcionário voltou.

O *Ring-of-Kerry* se aproximava. Seus passageiros formando de longe um só grupo apinhado, figuras espremidas entre si, pareciam prestes a ser cuspidos do tombadilho.

A maior parte das mulheres abrigava a cabeça sob o xale de lã, e os homens haviam erguido a gola do sobretudo. O ventinho salgado e agudo não os impedia de ficarem ali, sentindo a emoção da chegada.

Navio bonito, mastreando a majestade de sua raça. O casco amarelo, uma nota alegre no entardecer cinzento. Fizera a travessia diurna, vindo de Dublin. Às dez da noite encetaria a viagem de volta, recruzando o Mar da Irlanda.

Poucas pessoas do lado de fora, no cais, acenando as boas-vindas. A viagem rotineira nada contaria de especial. Irlandeses residindo na Inglaterra, após um fim de semana revendo a família. Ingleses nas mesmas condições. E turistas retornando com rolos de filmes e a aparência agradavelmente cansada de quem muito se divertira.

De dentro do recinto, agora cheio de pessoas e bagagens, era possível acompanhar o movimento dos recém-chegados, através da enorme parede de vidro. O porão do navio expelia carros em fila, na mais absoluta ordem. Os motoristas, ansiosos porém organizados.

O funcionário indicava a escada e o elevador. Todos iam subindo ao primeiro andar, onde mais algum tempo os reteria, antes que os guardas da Alfândega chegassem e examinassem os passaportes, permitindo o acesso direto ao ventre confortável do palácio flutuante.

Ele se aproximou dela, amavelmente se oferecendo para carregar a sua maleta. Sem esperar uma resposta ergueu a maleta do chão, e foram caminhando lado a lado, subindo os degraus no meio da agitação.

Na sala de entrada do navio havia uma pequena loja, o balcão de informações, e um enorme e bem organizado depósito de malas, para aqueles que não as quisessem em suas cabines.

Alguém disse uma piada em voz alta. Risos. A gorducha de cabelo vermelho respondeu. Tipicamente irlandesa. Mais risos. O retrucar bem-humorado do velho de barbas fartas. Mistura de sotaques. Todos se mostravam contagiados pela alegria da viagem.

O *Ring-of-Kerry*, e qualquer um de seus navios companheiros, seria sempre uma ponte de paz, um elo feliz entre as duas Ilhas.

Ela agradeceu, tomando-lhe das mãos a sua maleta, e se despediu rapidamente. Ele pretendera convidá-la para uma breve incursão ao bar. Seria um modo civilizado e não muito ousado de retê-la. E a bebida certamente estimularia um relacionamento melhor, suprimindo aquela terrível distância que se interpunha entre eles.

Antes de subir a escada em direção à cabine, ela ainda olhou sobre os ombros. Fagulhas nos olhos mais azulados, libertos dos óculos que usara para ler.

Ele perdeu-a assim, no meio da multidão, dos risos, da alegria contagiosa dos viajantes, da qual ele continuava imune.

Aquela mulher fizera-o revolver as raízes da alma. Reacendera um sentimento adolescente, que os anos e seu estilo de vida haviam arrefecido. Precisava dela. Se a encontrasse novamente, não a deixaria escapar.

Após alguns minutos, solitário no meio da multidão, subiu ao camarote, lá deixando a bagagem. Olhou-se no espelho e achou-se velho. O que lhe acontecera de realmente fascinante durante o meio século já vivido? Talvez agora se desse conta dessa falha na organização de sua existência. E, no entanto, sempre estivera muito certo de si mesmo. Até agora.

Apesar de tudo, era saudável sentir dúvidas. Lembrava-lhe a sua condição humana.

Saiu da cabine, dirigindo-se ao bar. Deixou-se cair na cadeira confortável, diante da mesinha mais afastada, onde sua solidão passasse despercebida. Esta lhe incomodava, pois, de alguma forma sutil, sugeria a afirmação de algum fracasso na estória particular de sua vida.

Pediu um uísque duplo, com gelo. Recostou-se, fechando os olhos. Quando os abriu, o casalzinho na mesa muito próxima trocava beijos. Invejou-os. Enquanto eles saíam, imaginou como se sentiriam dali a trinta anos.

Foi naquele exato instante que a loura entrou. Vestia um suéter azul-turquesa, e calças brancas de lã. Nos ombros, um casaco também de lã branca, longo, que lhe adicionava um ar de distinção. O cabelo curto formava uma franja larga, de um lado só. Num andar provocativo e aparentemente alheio a qualquer atenção especial que pudesse despertar, foi sentar-se à mesa ocupada antes pelo casalzinho enamorado.

Observando-a na penumbra, ele soube que ela era mais apetitosa do que propriamente bela. O dono daquele corpo na certa entraria logo em seguida. Ela mostrava ser o tipo de mulher que não gosta de esperas vazias. Talvez por isso tivesse entrado no bar com a decisão de quem já marcou encontro, pedindo logo um martini.

Embora seus lábios estivessem pintados de um vivo tom cereja e as pálpebras de lilás, os longos e espessos cílios a ocultarlhe os olhos, ele percebeu uma sombra de inocência flutuando nela toda. Como se fosse uma menina pintada e fantasiada de mulher fatal.

Estivera olhando-a de modo inconvenientemente fixo. Todavia, ela não se perturbou. Já devia estar acostumada a ser o alvo de admirações e gostava disto.

Então, aquela outra figura esquiva ocultando o corpo num casaco de peles, a cabeça sob um gorro e os notáveis olhos azuis atrás das lentes dos óculos, surgiu-lhe à mente com nitidez. Gostaria que ela estivesse ali, sorrindo-lhe com aquele ar de encantadora insegurança.

Ele mexeu com o dedo uma das pedras de gelo, dentro do copo.

Por que se deseja sempre o impossível, quando o possível se acha tão ao alcance?

A loura continuava se deliciando com o martini. Muito só, também.

Sorrir-lhe? Por que não? Seria divertido colher um resultado.

Ela retribuiu o sorriso, franjando ainda mais os cílios. Não sorriria assim se estivesse à espera de outro homem.

A vaidade recomposta, ele se sentiu melhor. Ainda estava em forma.

— Espera alguém?

Não precisou levantar a voz, as mesas se situavam bem próximas.

Ela teve uma reação inesperada. Estendeu a mão, num gesto gracioso, apontando a cadeira vazia a seu lado. Era um convite e ele se apressou em aceitar.

Atitude arriscada. E se a loura apenas estivesse querendo provocar ciúmes no homem ao qual pertencia?

— Espero que esteja sozinha.

— Você não está vendo? Quer mais sozinha do que estou?

A voz soara amuada, numa sonoridade alegremente juvenil.

— É incoerente, solidão e mulher bonita.

Ela fez um muxoxo.

— Estou viajando com Lorna e ela não gosta nada disto. Por isso me escondi, só aparecendo no último instante. Sou muito esperta, sabe? Descobri que ela queria me driblar e afinal quem a driblou fui eu.

Parecia falar num tom sincero. Engraçada, aquela pronta sinceridade.

— Quem é Lorna?

— Minha irmã. Não gosta de bares, prefere bibliotecas.

— E qual o motivo para viajar com Lorna, se ela não gosta de viajar com você?

Os olhos, sob a cortina dos cílios, quase o impediam de lhe conhecer o olhar. Ela apertara os olhos, como fazem os míopes para ver melhor à distância. Ele não conseguiu descobrir se a resposta era zombeteira ou séria.

— Nós nos divertimos e nos desesperamos, tentando nos destruir.

Sorveu um bom gole do martini e habilmente trocou de assunto:

— Você é um homem bonito, sabe? Me faz lembrar um *tycoon*.

Logo acrescentou:

— Mas se fosse mesmo um *tycoon*, teria avião particular e não estaria aqui sozinho. Vários assessores e secretários o rodeariam e eu teria passado despercebida para você.

Ele sorriu.

— É difícil você passar despercebida.

— Pode me dizer as horas, por favor? Deixei o relógio de pulso na cabine.

— Faltam quinze para as dez.

— Daqui a pouco sentiremos a trepidação do navio. Zarparemos. Não haverá ninguém no cais, porque é tarde e faz frio lá fora. Partir é sempre triste.

Ergueu a ponta de uma pequena cortina e, pela escotilha, as luzes do cais de Liverpool brilhavam, ainda próximas. Anoitecera, afinal. Se no frio da tarde persistiam lembranças fortes do inverno, a primavera já alongava um pouco os dias.

Ela deixou cair a ponta da cortina e perguntou:

— É a primeira vez que vai à Irlanda?

— De navio, é. E você?

Ele omitiu que, ocupando uma situação muito visada, tornava-se necessária a mudança do seu itinerário, regularmente. Exigência da Segurança, com a qual despendia uma elevada soma anual.

Ela respondeu, com vivacidade:

— Quase sempre vou de navio. Adoro esta travessia. Gente variada, ruído, alegria, drinques e um restaurante ótimo. A cabine de luxo é confortável e o chuveiro funciona. E se é desagradável madrugar, em compensação estarei mais cedo em casa. Não gosto de desperdiçar tempo. A vida voa e quero aproveitar cada minutinho dela, quando tenho oportunidade, é claro.

Falara num fôlego só e ele lhe ofereceu um outro martini. Ela agradeceu, recusando:

— Um só já me deixa tonta. Só bebi para desafiar Lorna.

Desviando habilmente o rumo da conversa, ele indagou:

— Você mora na Inglaterra ou na Irlanda?

— Temos um pequeno chatô perto de Dublin. É um pitoresco casarão, no meio do campo e a paisagem ao redor é maravilhosa. Lá, convivemos com criados antigos e protetores, rebanhos de carneiros e os fantasmas dos antepassados de nossa mãe, que era irlandesa.

Acrescentou, ansiosa para esclarecer tudo de uma só vez:

— Temos também uma casa na Inglaterra, no Hampshire. E criados também antigos e protetores. Herdamos do nosso pai inglês. Dessas casas estilo Queen Anne, com portas larguíssimas, porque naquela época, você sabe, as mulheres se escondiam sob saias enormes. Hoje elas se revelam sob as calças justas e os suéteres colantes.

— Então vocês ficam marinheirando de cá para lá e de lá para cá?

As mãos dela se abriram para cima, num gesto significativo.

— Quando queremos variar estilos, criados e amigos, atravessamos o Mar da Irlanda. Somos umas privilegiadas, não acha?

Ele aquiesceu, sorrindo.

— Você fica mais moço quando sorri. Sabe que tem um sorriso juvenil?

E ela ajuntou:

— Porque você sorri primeiro com os olhos e depois com os lábios.

Aquela bonequinha de muita conversa e forte maquilagem o estava enfeitiçando. Vivaz, loquaz, borbulhante. Associou-a a uma taça de champanhe. Gostaria de sorvê-la.

Seu pensamento escapou dali inesperadamente e foi em busca da outra mulher, sentada com o livro no saguão do cais. Surpreendido, ele se deu conta de que havia uma vaga semelhança entre elas duas. Um elemento indefinível e constante. Tão repentina a idéia incrível que lhe visitou a mente, não conseguiu contê-la:

— Estaria Lorna usando casaco e gorro de lã de carneiro, óculos com aros de tartaruga, mergulhada num livro, à espera do navio?

A loura teve um movimento de sobressalto.

— Só pode ser ela! Eu a vi, também, e tratei de esconder-me. Deixei para surgir triunfante quando ela já estivesse instalada na cabine.

Endireitou o corpo, como se a noção de triunfo estivesse diretamente ligada aos seios redondos e firmes que orgulhosamente estufou, realçados pelo tom turquesa vivo do suéter.

O navio estremeceu, numa trepidação sensível. Deslocando-se, ágil e docilmente, recomeçava seu roteiro.

E então, a pergunta agressiva, desafiante, num tom bem pilherioso:

— Você prefere Lorna, não é?

Ele hesitou. A pergunta o confundia. Porque, sincero consigo mesmo, ainda não estava muito certo.

— E por que haveria de preferi-la?

Resposta já feita, na ponta da língua:

— Porque Lorna aparenta fragilidade e insegurança. Homens do seu tipo apreciam isto. Gostam de sentir que elas dependem da ajuda masculina para se equilibrarem na vida.

Ele respeitou-a, naquele instante. Adorável e lúcida.

— Se Lorna aparenta insegurança e inspira fragilidade, você exibe qualidades opostas e igualmente empolgantes.

Conseguira envaidecê-la, sem mentir.

— Lorna me sufoca. Faz coisas tremendas para abafar a minha personalidade. Talvez me inveje.

— Você quer jantar comigo?

— Jantar?

— Sim, você disse que o restaurante é uma das coisas boas desta viagem.

— Não estou com muita fome. Que tal se pedíssemos sanduíche e cerveja, aqui mesmo?

Ele aprovou a sugestão. A atmosfera de penumbra e acolhimento do bar conservaria a intimidade estabelecida entre eles. A troca de ambiente poderia dissolver o encanto. Chamou o garçom e pediu sanduíches de carne fria com mostarda, salada e cerveja.

Ela gostava de saltear assuntos.

— O que você faz na vida?

— Sou o presidente de uma firma em Liverpool. Nada de sensacional.

— Do tipo que trabalha vinte e quatro horas por dia?

— Aparento?

— Você aparenta carência de amor. Devo aparentar também. Talvez tenha sido este o maior motivo de nossa aproximação.

Um jeito de sonho, nela toda. O calor de seu bonito corpo emitia ondas perigosas. Ele precisaria precaver-se, policiar os próprios impulsos.

— Mulheres?

Ele sorriu.

— Ocasionais.

Ela deu mais uma de suas risadinhas.

— Como agora, por exemplo?

— Agora é diferente.

— Que bom!

Sua alegria, sincera e quase infantil. Dir-se-ia que acabara de ganhar um brinquedo desejado, do qual não estivera muito certa.

De súbito, já era de novo a mulher atraente, aliciante, acercando-se para tentá-lo. Cochichando-lhe ao pé do ouvido:

— Lorna nem dará pela coisa...

— Que coisa?

Fizera a pergunta intencionalmente.

— A coisa, ora... A noite que temos pela frente.

No fundo, ele se sentia excitado e ao mesmo tempo aborrecido. Ela mencionara o nome da irmã, fazendo-o lembrar-se. Lorna voltava no momento em que devia ausentar-se.

— Ela é tão severa assim?

— Creio que ela me teme.

— E você, gosta dela?

Sacudiu os ombros graciosos.

— Lorna tem qualidades que me fazem apreciá-la. É inteligente, culta, devora quilos de livros, escreve...

— Escreve o quê?

— O que sente. Certa vez dei uma espiada enquanto ela estava adormecida. Ela sente muito medo, sabe?

— De quê?

— De mim, dela mesma, da vida, da morte, sei lá... Parece complicado, medos abstratos.

— Abstratos?

Quase riu. Era a primeira vez que ouvia isto. Lembrou-se com ternura de Lorna e seu ar de preocupação constante, alguma angústia capaz de arrefecer as fagulhas luminosas dos olhos e afugentá-las, desligando-a do presente.

Vieram os sanduíches e a cerveja.

— É, sim. Abstratos. Todos nós tememos o perigo, iminente ou não. Lorna teme aquilo que imagina ser o perigo. Cria o perigo. E vai desperdiçando o lado divertido da vida. Acho que também o teme.

Ele estava aprendendo quem era Lorna: um livro que se abria, folheado ao acaso e as páginas sendo viradas pela irmã.

O que o atraía tanto na outra? O mistério? Então, por que igualmente, e com a mesma intensidade, se sentia envolvido pela mulher ao seu lado, de espontaneidade espantosa, usando frases abertas, objetivas, para conduzi-lo em direção delas duas e de suas vidas?

— Você ainda não me disse se gosta de sua irmã.

A loura sacudiu novamente os ombros no gracioso gesto de descaso.

— Talvez eu sinta alguma pena dela.

Falara naquele tom cismador que de repente poderia se transformar numa exclamação, pelo novo assunto lembrado.

— Acho que, no fundo, nós nos gostamos e ao mesmo tempo nos lastimamos.

— Por que não tenta ser generosa? Talvez ela precise de você.

Visivelmente aborrecida, retrucou:

— Você não conhece Lorna. Ela é um gerador de força, sob aquela impressão de vulnerabilidade. É capaz de me sufocar até me destruir totalmente. Tenho medo. Você duvida?

Ele não respondeu. Admirava-a. Estava agora mais bonita.

E então, quando ele dominou-se para não tomá-la nos braços e beijar os lábios pintados de cereja, ela teve uma das suas inacreditáveis e encantadoras reações:

— É uma pena que não tenham aqui uma boa orquestra e uma pista de danças. Adoro dançar! E você?

Ele sorriu.

— Há muito tempo não danço.

— Ora, isto não teria a menor importância. É só ajustar o corpo ao embalo e a memória se reaviva...

— Você vai muito a festas?

— Se vou! A menos que Lorna não interfira e fique naquela conversa fiada de que eu deveria aproveitar o tempo com algo mais útil.

Lorna ainda esta vez. Temeria ela aproximar-se das pessoas? Se a convidasse, dançaria com ele? Como seria dançar com Lorna?

A loura suspirou, interrompendo-lhe as indagações do pensamento.

— Chegamos cedinho em Dublin. A noite vai ser muito curta.

Era uma insinuação bem clara e ele chamou o garçom e pediu a conta.

Colocou o braço em torno do ombro dela, puxou-a para si e roçou os lábios no cabelo fino e macio.

O garçom deu o troco, agradeceu a gorjeta e piscou o olho com malícia.

Ele não gostou daquela piscadela que dizia tanto. Bem no fundo de seu sistema, remota sensação de culpa ameaçava esfriar-lhe o entusiasmo e não havia tempo de estudá-la.

Já estavam caminhando entre os outros passageiros como dois conhecidos antigos. Ou amantes. Alguém, se detivesse atenção em suas pessoas, os consideraria marido e mulher?

Diante da porta do camarote, ele experimentou a terrível sensação da dúvida. Ia cometer alguma loucura? Não, é claro que não. Aquilo, naquelas condições, seria a coisa mais natural do mundo. Loucura seria desperdiçar a oportunidade.

Ela o havia seguido docilmente e agora estavam os dois parados diante de uma porta e diante da perspectiva que se abria.

— Não posso...

A voz soara trêmula, arranhante.

— O quê?

Ele quis segurar-lhe a mão, ela esquivou-se, dizendo:

— Simplesmente não posso...

E saiu correndo pelo corredor, fugindo dele e da noite maravilhosa que prometera, com provocações e atitudes. O longo casaco branco sumiu na curva da escada.

Ele ainda quedou, estarrecido e confuso, sem conseguir um pensamento lúcido; tentava prendê-lo na mente e não conseguia. Abriu a porta, atirou-se na poltrona e lamentou haver parado de fumar, alguns meses antes.

Quando a nebulosa foi se dissipando, descobriu que havia fracassado ainda uma vez. E, no labirinto das idéias indefinidas, encontrou a saída desarrazoada, incoerente: estava muitíssimo aliviado, quase agradecido àquela mulher cheia de desajustes, que o havia impedido de trair-se a si próprio.

Gostara dela toda. De sua conversa exclamativa, das risadinhas despreocupantes, da excitação juvenil no amadurecimento de mulher. Gostara da companhia, da alegria, da fantasia. Porém algo falhava, nela toda: um elemento filtrado, especial, para que a sedução fosse completa. E esse elemento, ele acreditava ter encontrado em Lorna. Embora a conhecesse tão pouco, fora justamente esse elemento que o atraíra.

Despiu-se e deitou-se no beliche confortável, que ocuparia sozinho. Mas não permaneceu muito tempo só. Seu pensamento dinamizava o espaço do camarote. Ainda bem que a mente pode tornar-se elástica. Senão, ele explodiria.

Visualizou-as tão nitidamente, quase as tocava. Comparou-as. Imaginando-as no casarão perto de Dublin, ou no largo umbral da porta Queen Anne da mansão no Hampshire, perguntou-se o que as levaria a tumultuarem suas vidas jovens, a duelarem suas personalidades desafins. Qual fosse o cenário em que atuassem, fariam dele um campo de batalha?

Por que não se toleravam, se ambas se completavam?

Mergulhou, então, num sono profundo.

Acordou sobressaltado, a leve pancada na porta penetrara-lhe o sono. Abriu a porta, ansioso. E se desapontou diante da funcionária de bordo, trazendo a bandeja do chá e avisando que o *breakfast* seria servido no restaurante. Dentro de uma hora, atracariam em Dublin, e o tempo estava lindo.

Tomou o chá e a ducha e desceu ao andar inferior, em busca de uma refeição que o compensasse da falta do jantar, na véspera. Em busca de alguma das duas irmãs, também. Precisava delas.

Lorna estava sentada à mesa, no canto mais afastado do restaurante.

Com passo largos ele derrotava, objetivo e obstinado, as idéias intimidantes e o temor de perda. Não a perderia, ia se dizendo. Não agora. Nunca. Se a irmã chegasse e os surpreendesse, a ambas dominaria. Pelo menos até estar definitivamente certo: qual delas?

Pediu licença e sentou-se. Achava-se com algum direito de partilhar a mesa da mulher que o obcecava.

Ela não devia ter dormido bem, as olheiras sob os belos olhos revelavam, ainda mais os realçando.

— Bom-dia, Lorna.

Imaginou reações de sobressalto, ou mesmo a curiosidade natural de saber como ele descobrira-lhe o nome. Todavia ela não se alterou, continuando a mexer com a colherinha a xícara de café. Então, ele decidiu atacar de modo direto, sem subterfúgios.

— Ontem à noite conheci sua irmã. Conversamos muito. É uma mulher encantadora.

Desta vez ela reagiu.

— Ah, sim? Espero que tenham se divertido.

— Ela contou-me que fez uma surpresa, aparecendo aqui na última hora. Você ia viajar sozinha e deve ter ficado contente com a companhia de sua irmã...

Após dizer estas palavras com a mais elaborada das naturalidades, fez uma pausa para encomendar o café.

Ela continuava alerta, a expressão de expectativa fazendo vibrar cada músculo de seu rosto.

— Pensei em você a noite inteira, sabe? Sua irmã ajudou-me, com sua alegria e vivacidade. Sou-lhe muito grato.

— Então você devia ter pensado a noite inteira nela, e não em mim.

Há momentos em que a verdade transborda, torna-se irreversível. Quando se dá pela coisa, ela já está:

— Para falar com franqueza, pensei o tempo todo nas duas.

E acrescentou, sorrindo com ternura:

— Revezando-as, é claro. Vocês são diferentes e ao mesmo tempo parecidas. Tomaram conta do meu pensamento.

Foi a primeira vez, desde que a conhecera, que ela sorriu espontaneamente, um sorriso aberto, descensurado. O sorriso que a irmã teria usado para a ocasião.

Seriam gêmeas, apenas diferindo no colorido?

Dentro da penumbra do bar, só fixara a silhueta apetitosa, os olhos cerrados pela franja espessa dos cílios e a espontânea e travessa personalidade da outra mulher.

Lorna, com o rosto lavado e os olhos bem abertos, o corpo oculto pelo casaco, toda ela sugerindo uma estranha complexidade, estava mais visível, e menos entendível.

— Cada uma de vocês fascinou-me de modo diverso.

Ela continuava sorrindo, porém o sorriso tornara-se melancólico, a cintilação dos olhos foi diminuindo devagarzinho, lembrando as luzes de um lampião que se esgota.

— Não quis magoá-la.

— Não estou magoada. Você compreenderá, se eu lhe disser que eu me sinto infinitamente grata?

Os olhos dele, inquiridores, fizeram a pergunta.

— É a primeira vez que um homem gosta de *nós duas*. Que se interessa pelas nossas diferenças. Que não se importa se ela tem aquele jeito malicioso e apressado demais em prender cada momento de sua vida como se fosse o último. E que se interessa por mim, do modo que sou. Em geral, os que a notam, me ignoram. E os que me preferem, não a toleram.

Ele escutava, interessado. Lorna afinal não era tão intransigente. Devia ter os seus problemas emocionais, e estes interferiam em sua personalidade. Porém entendia a irmã.

— Pensa que você não gosta dela.

Lorna olhava-o bem nos olhos. Parecia avançar e recuar gradativamente, na intenção de dizer alguma coisa.

O movimento e o ruído se dimensionavam, ao redor deles. Estavam chegando.

Ele indagou:

— Você estará em Dublin, esta noite?

Ele abandonara os restos quase intactos do café da manhã. O apetite havia desaparecido. O rapaz tirava a louça da mesa. Lorna também em nada havia tocado. Apenas bebera uma xícara de café.

— Eu, não. Talvez ela esteja.

— Não. Quero ver você. Ela é uma garota muito interessante, mas...

— Cansou-o.

— Oh, não. É uma mulher incapaz de cansar alguém que goste da vida. É que eu gostaria de conhecer você melhor.

— Acredita que talvez eu tenha a coragem que ela não teve ontem à noite?

Levantou-se, nervosa, calçando as luvas. Caminhou em direção à porta.

Ele seguiu-a, rápido, e tomou-lhe o braço. Assim juntos, com aparente naturalidade, subiram as escadas em direção ao camarote delas. Alguma desavença deveria ter surgido entre as duas, ou a loura queria evitá-lo. Um desses motivos a mantivera na cabine. O que diria ao vê-lo com a irmã?

— Lorna!

Ela virou-se e ficou à espera.

— É difícil, até para mim, acreditar. Aconteceu muito depressa. Eu a quero. Acho que a esperei a vida inteira. Quero não só o seu corpo. O seu espírito, também, o seu amor, quero até os seus problemas, as suas preocupações, para ajudá-la a resolvê-los.

— E ela?

Ele estacou, perplexo. A outra. Também a queria. Do mesmo modo. Com igual intensidade. E necessidade.

— Você a deseja também, não é?

— Estou confuso, Lorna. Perdoe-me.

Ela abriu a porta. Ninguém, dentro da cabine. Ele tornou a pegar a maleta de couro.

— Está pronta?

Lorna fez que sim com a cabeça. Se ele não estivesse enganado, havia lágrimas nos olhos dela.

— Vamos até o meu camarote. Fica do outro lado.

Ela o seguiu. Diante da porta, ficaram parados alguns minutos, como se estivessem reensaiando a cena que ele representara à noite, com a outra.

— Lorna... Ontem, quando ela me deixou, senti um grande desapontamento. E também um grande alívio.

— Por quê?

— Porque você se interpunha, a cada instante, entre mim e ela.

Então, ele abriu a porta, foi buscar a própria mala, e voltaram pelo corredor estreito, até a escada que os desceria ao andar de saída. O navio acabava de atracar e o vozerio da véspera, após o hiato noturno, se refazia com animação.

Dublin amanhecera mais um dia de primavera. O céu limpo e azul e os raios de um sol distante prometiam tempo firme.

Saíram do navio para o saguão do cais. Liberados, sabiam ser impossível protelar despedidas.

Ele não sabia como prolongar o momento e conseguir dela uma promessa de reencontro.

— Estarei no Royal Hibernian...

Ela retrucou, e sua voz soava num tom distante:

— O motorista deve estar me esperando. Se você quiser condução...

— Não quero condução, Lorna. Quero você.

— E ela?

Ele olhou os grupos de pessoas que saíam, indiferentes ao seu problema. Algumas até riam, alheias ao casal bem vestido, num colóquio sério, perto da janela. Sentiu inveja daquelas alegrias egoístas. A loura esquivara-se, talvez os estivesse espreitando, era bastante esperta para fazê-lo sem ser vista. Ele, apesar de tudo, gostaria de revê-la.

E reviu-a. Diante de si. Lorna retirara o gorro de pele e os cabelos curtos e claros, desaprisionados, soltaram-se, fazendo aquela onda de lado, aformoseando-lhe ainda mais o rosto e rejuvenescendo-a.

— Você se parece fisicamente com a sua irmã.

Com esta frase banal, enfrentou o choque produzido pela revelação inesperada.

— Não tenho irmã.

Ela falou docemente, sem qualquer intenção de surpreendê-lo, até mesmo preocupada com o reflexo que suas palavras poderiam causar. Olhava-o ansiosa, desejando que ele compreendesse rápido, para mais rapidamente tomar atitude, definir-se.

Ele custou a refazer-se, desta vez. Indagou, debilmente:

— E... ela?

— Não existe. É apenas... uma parte minha.

A surpresa ampliou-se.

— Desde quando?

— Desde um tempo que não me lembro.

Era preciso saber a razão de tudo aquilo.

— Por que você representa este duplo papel?

— Não represento. Eu... *nós* lutamos. E o resultado é geralmente incerto. Acredita?

Como ele se conversasse em silêncio, Lorna tocou-lhe o braço. Aquele contacto religou-o com o momento real.

— Por favor, peço-lhe... acredite em mim...

Súplica sincera, acariciante, precisando confirmação. Talvez este fosse um dos medos abstratos de que lhe falara a outra. O medo de não ser acreditada, compreendida. O medo de não conseguir mais ser ela própria, como achava que deveria ser.

Ele apertou a mãozinha enluvada que continuava em seu braço.

— Acredito em você, Lorna. E acredito na *outra*. Ambas são autênticas. Apenas não aprenderam a se conviver. E eu quero ajudá-las. Amo vocês duas. Isto significa que eu amo a mulher completa, sem restrições. Agora sou eu quem lhe pede para acreditar-me.

O sorriso terno e acinzentado nos olhos dele revelava compreensão.

À sua maneira ele começava a compreender, embora não fosse psicólogo. Apenas um *tycoon*. A loura não o chamara assim? Ou fora Lorna? Talvez tivesse sido esta quem fugira, diante da porta de seu camarote e da perspectiva de uma noite de amor que as duas tão fortemente o haviam feito desejar.

Refugiada no livro, escondida e desescondida, à espera da viagem que desejara fazer sozinha. Qual teria sido, afinal, a clandestina?

Qual delas o fixava, agora, com aqueles expressivos olhos azuis? Sem óculos disfarçadores, sem cílios postiços e sombra lilás? De qual delas seriam as fagulhas lucilantes que o dardejavam, esperançosas?

Fora sincero. Realmente, as duas o atraíam.

— Agora que já sabe, não o culparei se fugir... de nós.

— Agora que eu sei, sinto-me em paz. Por nós três.

Ele vestiu o sobretudo, ajeitou as duas maletas e a pasta, para mais facilmente carregá-las.

Saíram para a manhã ligeiramente fria, iluminada pelo indeciso sol de primavera.

E continuaram caminhando, lado a lado, dispostos a vencerem juntos a longa distância que se estendia diante deles.

'Doidos' de Deus

Though this be madness
Yet there is method in't.

William Shakespeare
Hamlet
Ato II — Cena II

Doido, geralmente, adora igrejas. O ar místico que nelas se respira e o ambiente solene, recendendo à paz, devem agir como um excelente calmante para as suas perturbações mentais.

Na igreja que freqüento, cinco doidos são meus fiéis amigos. Três homens e duas mulheres. Isto pode significar que o sexo masculino endoidece com maior facilidade, ou então que os doidos são mais beatos do que as doidas.

Mudinho é pessoa ótima, aliás como todos os que sofrem de confusões mentais. Dizem que ele é ex-pracinha, herói de guerra e não agüenta ver vermelho: vira fera. Já fiz o teste e ele apenas botou olhos tristes no meu vestido cor de sangue. Nunca anda sem paletó, embora transpire sua aversão a banhos. Fala por gestos e alguns sons esquisitos que ainda lhe permitem as trôpegas cordas vocais. Quando ele se desloca, exala um cheiro de quintal sujo, que não ofende o meu nariz, já estou habituada. Ele costuma tocar-me o ombro com a ponta do dedo encardido, é o seu jeito de dizer alô. Sempre correspondo com sorrisos e acenos. Talvez me julgue sua conterrânea, na Terra especial que hoje habita, uma Terra impenetrável de densos mistérios. Após um banho e barba feita, roupas limpas e algum sossego na alma, daria a impressão de classe média mais ou menos bem situada. Tem físico para isto, um corpo de ossos bem cobertos, cabelos castanhos e ralos, bigodes de pontas caídas, olhos miúdos e sorriso desconfiado. Não pede esmolas, entretanto mantém uma aparência bem alimentada. Dizem que recebe mesada do governo, administrada pelos parentes. Ninguém sabe onde mora e onde se esconde a família.

Não pede e não aceita dádivas. Suas recusas, feitas com orgulho e altivez, são veementes censuras.

Foram os fios do ventilador da igreja que ligaram as pontas dessa nossa definitiva amizade. Eu chegava e ia logo ligando o aparelho. O Mudinho se levantava com ar feroz, ia lá e desligava. A brincadeira durou algumas semanas de verão implacável. Até que, numa tarde abafada, encontrei o aparelho pifado. Teria sido sabotagem? Ele me viu tentar alguma coisa, fez um gesto imperativo e se aproximou. Descobriu o defeito: a tomada estava solta. Colocou-a no lugar e fez careta de reprovação para o beijinho que lhe atirei, com as pontas dos dedos. No fim da missa, atônito, sucumbiu à minha paciência. Ficamos, desde então, amigos.

Mudinho acompanha a missa com fervor, benzendo-se com solenes e enormes sinais-da-cruz. Pode ter esquecido montes de coisas, o passado diluído no suor das trincheiras. Mas não se esqueceu de rezar.

Carlinhos não cultiva tamanho caráter. Prefere usar os seus encantos. É sociável, amável, doce e encardido como um pé-de-moleque. Faz questão de cumprimentar as pessoas, com a mão quase sempre suja, e quem bobear ganha beijo com bafo de cachaça. Aprecia muito as notas de cinco reais. Costuma alegar que foi roubado, está na pior, com fome, etcétera e tal e então seus olhos ficam ainda mais meigos e a voz adocicada torna-se infantil. Dizem que, quando ele bebe além da conta, vira macho furioso — tem físico de menino franzino —, agarrando com fúria o rabo-de-saia que estiver por perto. O padre arranjou-lhe, há tempos, função remunerada: lavar o chão da igreja e limpar os bancos. Carlinhos estava no auge da felicidade. Andava limpinho, porque de tanto lavar em sua volta acabava se lavando todo, mesmo sem querer. Virou beato, colecionava santinhos, afastou-se do botequim. Não pedia mais dinheiro, embora não recusasse uma ajudazinha aqui e ali. De repente, deu a coisa no Carlinhos, entornou dúzias de pingas e agarrou a velha de cabelos brancos, confundindo-a com uma artista *platinum blonde* da TV. Foi um Deus-nos-acuda. O padre acudiu, salvou a velha do estupro, despachou Carlinhos que, em prantos, se recusava a aceitar a demissão. Chorava, decepcionado pelo malogro da sua conquista. Muita gente pensou que fosse choro de remorsos. Após confabulações na sacristia, nova chance lhe foi dada. E um copo de bicarbonato. Infelizmente, dias após, ele se atracou com uma escurinha, querendo devorá-la aos beijos. A escurinha, embranquecida de pavor, pois além de virgem tencionava ser freira, foi salva ainda invicta. E Carlinhos, expulso sem tempo de levar sermão. Magrinho, franzino, desdentado e generoso no perdão, ele perdoou o padre, a pretinha, a velha, e até perdoou a Deus por lhe ter dado tamanho apetite de cachaça e de mulher.

Não agüentou ficar muito tempo longe da igreja. Voltou, meigo e gentil. E ressabiado.

— Se alguém puser a pata em você, juro que mato! — declarou, dramático, afirmando-me sua fidelidade.

— A cachaça tira a sua elegância, Carlinhos. Pode até tirar a sua coragem.

Ele nega, sorri a inocência de um diabinho.

O Mágico é sensacional. Um preto alto, longilíneo, de barbicha pontuda e carapinha emaranhada, lembrando uma coroa. Veste, sobre os andrajos e os pés descalços, magnífica velha capa de lantejoulas multicores. Certamente aposentada de bem brincados carnavais. Sua entrada na igreja é espetacular. Sua atuação, de fazer inveja aos veteranos mestres da arte teatral. Ele surge de braços abertos, caminhando em direção ao altar, como se tivesse o compromisso de representar para Deus. Então, tenta se acomodar na ponta do banco, onde já está sentado alguém que recusa se afastar, indignado, ou se retira, amedrontado. Poucos sabem que o Mágico é bom e inofensivo.

Uma vez a missa foi interrompida, o sacristão teve de intervir. O Mágico, usando então esplêndidos recursos verbais, reclamou de seus direitos. Foi além: enfronhando-se nos direitos humanos, deu uma verdadeira aula sobre a frágil e mal consumida fraternidade universal. Citou Cristo, caridade e democracia. Lúcido, lógico e incompreendido, continuou sendo enxotado, reagindo com dignidade aos empurrões.

Aproximei-me e cochichei-lhe ao pé do ouvido. Tive de ficar nas pontas dos pés.

— Você está perdendo o seu tempo de homem inteligente com pessoas que jamais o entenderão.

Calou-se, olhou-me de frente, sem desconfiança, já pressupondo que eu fosse aliada. Olhos enramelados fixos nos meus, querendo me assimilar.

— E por que eles jamais me entenderão?

— Porque estão numa outra.

Ele sorriu, os dentes incrivelmente brancos.

— São marcianos?

Sacudi os ombros e ele se enrolou na capa, no lance teatral da retirada. O padre, o sacristão, os fiéis, todos me olhavam como se eu, sim, fosse a marciana.

Encostei a mão no braço do Mágico, meio escondido pelo seu manto de lantejoulas. Conduzi-o e ele foi andando docilmente em direção à porta lateral que dá para o jardim. Pensei que fôssemos ganhar aplausos, todavia a missa prosseguiu sem outros ruídos que a voz do padre.

No jardim, nosso diálogo também continuou.

— Eu conheço você?

— Não. Eu é que o conheço. E adoro a sua capa.

Ele ia fazendo menção de tirá-la, para talvez oferecê-la a mim. Temendo isto, comentei:

— Ela fica bonita em você.

— Quem?

— A capa.

Ele sorriu, lisonjeado.

— Vou levar você para Paris.

— A gente se encontra lá.

— Você sabe o caminho?

— Sei.

— Combinado. Até Paris.

— Até Paris.

A velhinha parda esconde os cabelos ou a possível ausência deles sob o turbante de algodão branco e pontas desfiadas. Não sei se ela reza ou se faz, com o Anjo da Guarda, o balanço do dia. Seus lábios se movem devagarzinho, o polegar e o indicador esquerdo tirando do espaço vazio à sua frente fios, fitas e borboletas. Ela é canhota, tímida e conformada com os embrulhos enormes que carrega até a igreja e dispõe no chão, perto do banco. Senta-se sempre na ponta do penúltimo banco. Não sei se trabalha e me preocupo com seu estômago talvez vazio. Ela não percebe. Gosta mesmo é de ficar desfiando o vazio e, quem sabe, recheia os embrulhos com os fios, as fitas e as borboletas.

Saindo juntas da igreja, ela me perguntou, desconfiada:

— A senhora vai esperar os leões?

Não soube, de pronto, o que responder. Ela sorriu docemente, aconselhando:

— Eles são lindos e não comem mais os cristãos.

Simpatia não parece doida. É até provável que não o seja de todo. É apenas diferente. Muito simpática, faz justiça ao nome. Veste-se bem, sua aparência é sadia, com uns lampejos de boniteza. Está sempre segurando um terço de contas de cristal, e costuma distribuir santinhos e sorrisos.

Dizem que ela costuma ter visões.

De tanto nos sorrirmos e nos cumprimentarmos, começamos a manter, nos de vez em quando, conversinhas rápidas nas quais ela ia se revelando:

— Ontem, lá em casa, vi numa das almofadas do sofá os lábios grossos de um homem. Na dobra da almofada, entendeu?

— Entendi.

Falei num tom de ajuda, e ela se mostrou feliz de contar comigo para entendê-la.

Deu um leve pigarro e continuou:

— Virei a almofada, sacudi-a, e coloquei-a no lugar...

Fez uma pausa ligeira, concluindo:

— E você acredita que os lábios do homem continuavam ali?

Sem esperar que eu acreditasse, pousou a mão no meu braço, ajuntando:

— Quando eu era pequena, via pessoas e bichos nas nuvens. Tinha medo deles caírem aqui no mundo...

— Não se preocupe. Todos nós podemos ver isto, porque as nuvens sabem desenhar.

Ela olhou-me com curiosidade, e desde então passou a contar-me, em sussurrante tom de confidência, algumas de suas inúmeras visões. O interessante é que havia nelas alguma lógica, embora um toque de absurdo interferisse, dramatizando-as.

— As montanhas parecem perfis humanos adormecidos, já reparou? Talvez sejam entes encantados...

Durante a missa, geralmente, ela vem sentar-se ao meu lado. Reza com um fervor comovente.

Após a missa, ela costuma contar-me coisas. Numa dessas vezes, mostrou-se excitada, tudo nela brilhando: os cabelos, a pele, os olhos e até as contas de cristal do terço que, mesmo enquanto falava, não parava de desfiar.

— Olha só que noiva linda no altar!

Olhei e não havia noiva.

Ela repetiu:

— Noiva linda... Coberta de *tulle*, e com botões de rosa no buquê...

Ela ainda brilhava, numa agitação febril. Observei que era um tipo de brilho fabricado na alma, tomando conta de sua pessoa e daquilo que tocasse. Respirou fundo, e resmungou, num leve tom de revolta.

— O noivo nunca vem.

— Não se preocupe, um dia desses ele virá.

— Virá mesmo?

— É possível...

Pousou novamente a mão no meu braço, e disse gentilmente:

— Muito obrigada.

Hoje, a tarde foi cinzenta e chuvosa, a umidade penetrando nos ossos. Pouca gente dentro e fora da igreja. Só doidos, mesmo, saem num dia desses, doidos e quem precisa sair para trabalhar, ou rezar, cumprindo promessa.

Pois compareceram todos eles cinco, à missa da tarde. Notei que estavam mais agitados do que nos outros dias. Possivelmente atingidos pelo presságio da aventura que iam viver.

Mudinho acompanhava os gestos do padre com mímica solene e muita benzeção.

Carlinhos contava, recontava, dobrava e tornava a contar as duas notas de cinco reais que conseguira ganhar durante o dia e milagrosamente ainda conservava.

O Mágico, abrigado sob a capa lucilante, sorria suspendendo as sobrancelhas, na sua incessante ida-e-volta até o altar.

A velhinha tirava do nada mais fios, fitas e borboletas. Talvez, quando ninguém estivesse prestando atenção, ela colocasse dentro dos embrulhos aquele recheio abstrato, para com ele enfeitar seus leões.

Simpatia me havia dito, logo de chegada, que a noiva parecia uma donzela feudal. O noivo bem poderia ser um príncipe encantado.

Terminada a missa, fui saindo com o meu séquito, ao som do chocalhar das chaves do sacristão. A porta principal fechou-se atrás de nós. Abri o guarda-chuva, dando um boa-noite coletivo. Eles se dispersaram lentamente, como se desejassem protelar as despedidas.

Neste exato instante, fui assaltada.

A princípio não quis entender, porque entender seria um compromisso muito sério que eu teria de assumir. Mas não se pode adiar um assalto. Fiquei minutos em estado catatônico, endoidada de medo e não me envergonho do que senti. Os dois King-Kong me apontavam sua fuças e um revólver, e considerei uma vergonhosa desconsideração da parte deles usarem arma, quando suas caretas já bastavam para matar de medo qualquer cristão.

Subitamente, os doidinhos entenderam. Rápidos, fizeram um círculo destemido ao redor de nós três.

O Mudinho agarrou um dos assaltantes pelas costas e torceu-lhe o braço, que a velhinha mordeu com vontade. O bandido, tomado de surpresa e dor, deixou cair o revólver. Simpatia abaixou-se, apanhou o revólver e apontou-o para um ponto qualquer no espaço. Temi que fosse atirar, mas permaneceu quietinha, segurando a arma com as duas mãos. Carlinhos atracara sua miudez destemida nas pernas do outro assaltante que o Mágico exigiu logo para si, castigando-o com pontapés. A velhinha ria, limpando a boca e dizendo com meiguice:

— Daqui a pouco os leões vão chegar. Eles são lindos e comem assaltantes.

Alguns transeuntes, boquipasmados, apreciaram a cena, de longe, sem ousar reagir. Lógico, não eram doidos...

Alguém chamara a polícia. Ela chegou ainda a tempo de constatar a cena que parecia ter sido projetada de um filme de Buñuel.

Os meus amigos entregaram os dois King-Kong aos policiais, e quem explicava tudo era o Mudinho, gesticulando.

O guarda-chuva enguiçara, no meio da confusão, fechando-se com espalhafato. Nós ficamos encharcados, arfando sob a chuva que se animara e caía agora com mais vontade.

— Os leões vieram e levaram eles. Vão comer os assaltantes...

E a velhinha tirou um fio molhado da cortina de chuva.

— Fui roubado! Fui roubado!

Carlinhos gritava, quase convencendo. Pelo sim, pelo não, dei-lhe uma notinha de dez. Quase lhe dei cinqüenta. Merecia. Mas não faria sentido sair da rotina.

O Mudinho olhou para o céu e se benzeu.

Simpatia continuava olhando fixamente o nada e um amplo sorriso brilhava em seus lábios molhados.

— Você viu? Ele veio!

Sorri, ainda aturdida para entender alguma coisa que não fosse a minha salvação e a minha gratidão.

— O noivo! Ele veio! Sabe que é mesmo um príncipe? É lindo!

Ela sorria, recompensada, de braços abertos se oferecendo à chuva. O Mudinho ria ao modo dele, emitindo sons pungentes. Carlinhos dava risadinhas curtas e desdentadas. A velhinha mexeu com os lábios, tecendo um sorriso com os fios e as fitas que imaginava. O turbante caíra e ela, afinal, tinha mesmo cabelos. O Mágico deu uma gargalhada.

Todos riam, numa doida alegria.

Só eu chorei.

Farol, me pisca uma estória?

Sentia como que um imã o atraindo para aquele destino aventuroso, correndo para outras terras, sobre as costas movediças do mar...

Rachel de Queiroz
O Quinze

Apenas um farol solitário. Longínqua parecença com chaminé de navio que naufragou, sem afundar de todo. E pode-se também imaginá-lo uma cápsula espacial em repouso de viagem.

Sobre a rocha áspera, onde os mariscos se agarram silenciosa mas ferozmente, o velho farol é senhor absoluto que esclarece as noites. Gaivotando ao redor, aves tagarelas agitam asas, guincham a liberdade. E a cada mergulho, erguem o peixe preso no bico.

Espero as águas-vivas deslizarem. Parecem orquídeas brancas, graciosas e ardentes. Tentarei deslembrar o veneno de suas queimaduras. A boa intenção da beleza, pedindo desculpas.

Farol parado na solidão do mar. Sua sombra vem, drapeada, esticando trêmulas boas-vindas. Ele está me chamando, eu sei. Não é a primeira vez que nos encontramos.

Naquela estranha tarde esbranquiçada, as águas do mar refletiam as nuvens brancas e rápidas. O guincho das aves brancas, e também brancas as velas do barco, sendo descidas. Quando os panos caem, farfalhantes, o mastro nu fica mais alto. Estou de pé na proa esperando a vez de imitar o mergulho das gaivotas. Diante e mim, a esplêndida visão de um mundo estranhamente branco.

Vou ao encontro do farol. Sua sombra é agora um braço esticado, me puxando. As orquídeas-águas-vivas já se foram, e o mar tranqüilo facilita a viagem.

Subir de bruços na rocha limosa, espetada de mariscos, é uma experiência repetida. O vai das ondas, o vem das ondas. Vou, volto, vou. Minhas mãos escorregam, ardem, sangram. É uma luta. Insisto, e venço.

O farol ainda está calado. A hora de piscar estórias é a hora da escuridão. Algum dia pintaram-no de vermelho, mas deu ferrugem. Assim mesmo, continua sendo uma bela e silenciosa mancha na paisagem pálida.

Tudo acontece devagar, até o próprio anoitecer. Uma estrela dá aviso, piscando lá de cima, e a lua se encontra comigo no topo da laje.

— Farol, me pisca uma estória?

Se a gente acredita, as coisas falam uma linguagem fácil de entender. Talvez até sintam alegrias e tristezas.

O farol vacila, mas as sombras vieram e ele precisa mostrar o caminho.

Pisca-pisca... Pisca-pisca... Pisca-pisca...

— Alguma novidade?

Navios vão e voltam. Outros não voltam.

— Isto não é novidade.

É. Entenda. As pessoas vão e voltam. Outras, nunca.

— Tem recebido visitas?

Um tolo. Escolheu aqui para os encontros com a amada.

— Então, é sábio.

Pisca-pisca... Pisca-pisca... Pisca-pisca...

— Marinheiro?

Pescador.

— E ela?

Bela.

— O amor deles também é belo?

É louco.

Pisca-pisca... Pisca-pisca... Pisca-pisca...

— Amor é uma deliciosa loucura.

Mas não vai dar certo.

— Por que não?

Porque eu sei.

— Pode estar enganado.

Minha experiência é muito mais antiga do que a sua. Não me engano. Vejo e ouço com clareza. Não vai dar certo.

— Que pena... Todo amor devia dar certo.

Pisca-pisca... Pisca-pisca... Pisca-pisca...

Imagine, eles querem se casar. Doideira.

— Casamento é doideira?

Este é.

— Você hoje está muito crítico.

Apenas aborrecido com a estupidez dos que insistem no impossível.

— Não os culpo. Adoro desdobrar o impossível em mil possibilidades.

Fantasias.

Pisca-pisca... Pisca-pisca... Pisca-pisca...

— Bem, vou nadando. Hoje você está de mau humor.

Vá. Eles não tardam.

— Vêm de barco?

Ele, sim. Ela subirá do mar.

— Vive no mar?

É uma sereia.

— Sereia?

Meus olhos são dois faróis, de repente. Repito, admirada:

— Sereia? Por que não me disse antes?

Quis causar impacto.

Faróis adoram deslumbrar pessoas.

— Então sereias existem?

Você gosta que elas existam?

— Mas é claro!

Então, elas existem.

Pisca-pisca... Pisca-pisca... Pisca-pisca...

— Vou ficar, quero ver.

Não, você volta para o barco. Já devem estar aflitos com a sua ausência. Gente é fácil de se afligir. E não é certo você nadar sozinha depois que escurece.

— Mas eu quero ver a sereia...

Prometo ajeitar a minha luz de modo que você a veja. Seja sensata.

Não é fácil convencer faróis. Quando tomam uma atitude, é definitiva.

— Bem, então, até algum dia...

Até alguma noite — corrige-me ele.

Nado protegida pela claridade. Alcanço o barco. Estão mesmo aflitos à minha espera, preocupados.

— Uma sereia vai aparecer na laje do farol!

Todos riem. Não acreditam, mas gostam da idéia. Estamos no convés, espiando. Esperar sereias é entusiasmante.

Surge então a pequena chalupa, na faixa de lua que risca a água. O pescador salta e se firma na pedra. Visto de longe, é uma figura cor de prata, refletindo a beleza desconcertante dos que vivem um mistério.

Ele espera, nós também.

E ela emerge, primeiro o rosto e os longos cabelos, depois os seios que não se preocupa em ocultar. Toda cor de lua, estende os braços longos e ansiosos. O pescador se inclina, beija-a longamente, e os dois vão sumindo num abraço que o mar acolhe, indiferente.

— Que lindo! — grito eu.

— Que louco! — exclamam, assustados, meus amigos incrédulos.

Rápidos, eles se atiram na água escura, formando desenhos fosforescentes.

Estou confusa. E continuo assim até que eles voltam. Perplexos, irritados, sem entender.

— Desapareceu mesmo...

— Incrível, tão rápido... Não deu tempo para salvá-lo...

Agora eles é que estão confusos, e eu irritada.

— Se eles se amam, é melhor deixá-los em paz!

Todos param e me olham, surpresos. Explico a estória que o farol me piscou.

Estão achando que é brincadeira. Sorriem, balançam as cabeças e se aquecem nas toalhas e nas bebidas.

E eu me pergunto:

— Vocês gostariam que sereias existissem?

Uns não fazem questão, outros falam no perigo do canto da

sereia. Não acreditam mesmo. Se as mencionam é para me agradar. Até gracejam, embora perturbados com o 'suicídio' do pescador. Nisto, eles crêem.

O farol, sua luz intermitente piscando coisas.

Quando a gente acredita, a gente vê. E acaba descobrindo segredos.

Pisca-pisca... Pisca-pisca... Pisca-pisca...

Retorno

Vivez, si m'en croyez,
n'attendez à demain:
Cueillez dès aujourd'hui
les roses de la vie.

Ronsard
Sonnets pour Hélène
'A Hélène'

Teria sido distração, ou ato compulsivo, discar o número do telefone de Maria Helena? Não nos falávamos há um ano. A verdade é que eu estava sentindo saudades, dela e de nossas conversas.

Costumávamos desdobrar longas conversas, pessoalmente ou ao telefone, e os assuntos variavam, enquanto comentávamos pessoas, fatos e a essência das coisas.

Maria Helena, amiga antiga e fraterna, cheia de idéias e conhecimentos. Tinha um modo pitoresco de interpretar a vida e os personagens que nela representam.

Esperava ou não que ela atendesse o telefone? Só me apercebi da minha incerteza, ao escutar-lhe a voz do outro lado da linha. Atônita, desliguei. Fui deitar-me no tapete da sala e, embora trêmula, consegui acender um cigarro. Os muçulmanos inventaram um tapete de oração, e eu inventei o tapete da pensação. Se algum problema me visita, deito-me e olho a fumaça do cigarro subir, preguiçosa e azulada, frágeis e provocantes ondulações. E penso. Ao levantar-me, o tapete continua velho e eu estou nova. Pronta para enfrentar a próxima vez.

Deitei-me, não consegui pensar. Uma coisinha preta, no teto, alertou-me. Bichinho minúsculo, tamanho de pulga, escurinho e quieto. Tão impassível quanto eu, só não fumava. Espionei-o.

Então, o telefone tocou. O som estridente fez-me estremecer, como se fosse a trajetória de uma bala, o vôo da flecha de uma zarabatana, riscando o espaço do corredor, entrando na sala e atingindo-me.

Era ela. Gritou, alegre:

— Ei! Você me chama e depois deserta? Não imagina o esforço que eu fiz...

Tentei cuidadosamente formar uma frase.

Antes disso, ela soltou uma risadinha.

— Não sei o que está acontecendo neste mundo louco.

E continuou, no conhecido tom de queixa:

— Volto, encontro a casa vazia. Só este bendito telefone me ajuda... Escuta, cometi algum crime contra esta nossa sociedade decadente?

— Ausência não é crime, Maria Helena.

Pronto. Eu conseguira formar a frase e dizê-la.

Suspirou, reclamando:

— Quanto tempo?

— Um ano.

— Não me lembro. Curioso, não acha? Onde estão as crianças? Certamente no Clube, fazem elas muito bem. E olha, juro que não abandonei o José. Eu o amo, muito! Teria ele me esquecido?

Senti vontade de chorar, mas agüentei firme.

— Ninguém se esqueceu de você, Maria Helena. Você está bem?

— As outras pessoas é que não parecem estar. Esquivam-se. A propósito, como vai o nosso *chevalier servant*, o querido Luizinho? Preciso fazer logo aquele maldito testamento. Estou sempre adiando. Vamos lá amanhã?

— Ele sempre fala bonito de você.

— Ele é um amor. Brilhante e afetuoso. Amigo, mesmo.

— Ele sente saudades, sabe?

— Ele pertence à boa raça dos que ainda sentem alguma coisa...

— Pode incluir-me no grupo, faz favor...

— Vamos, rápido, sem floreios. Por que ninguém me sorri? Por que me dirijo às pessoas e elas pretendem ignorar-me? Pelo amor de Deus, o que aconteceu comigo? Qual foi o meu crime? Preciso saber! Não é justo que me desprezem só porque estive ausente um ano.

— É tão importante assim?

— É fundamental, me acredite.

— O tempo, Maria Helena... O tempo...

— Tempo não existe. O que conta são as coisas que a gente faz ou deixa de fazer. E eu ainda preciso fazer tanto...

Descansei o telefone na mesinha, sem desligar. Voltei à sala, deitei-me, e esqueci o cigarro. No teto, o bichinho preto, maculando a brancura da tinta com sua imobilidade.

'Mova-se, bichinho, você ainda está vivo.'

Talvez movido pelo controle remoto de meu pensamento, o pontinho fez movimentos curtos e rápidos adiantando-se menos de um centímetro.

Mas era inevitável retornar ao telefone.

— Não escutei o outro telefone tocar.

— Não temos mais o outro telefone, Maria Helena.

— Que alívio para o Pedro. Você agora já não pode mais falar com duas pessoas ao mesmo tempo.

Ela se esforçava para ser engraçada.

— Continua com o coração aberto para o mundo? Vivendo intensamente cada minuto? Ainda não se cansou?

— Ainda não. Mas viver me amedronta. Cada noite descubro, com certo espanto, que sobrevivi. De manhã, o mesmo. Empolga, mas amedronta.

— Pois eu tenho viajado em sonhos. E sonhar tanto, também cansa... Agora que voltei, vou viver à procura do tempo perdido. Lembra-se dos nossos debates proustianos?

Eu me lembrava.

— Por falar nisso, Paris ainda existe?

— Continua linda.

— E *ele*, continua vivo?

Simulava ironia, para melhor disfarçar a curiosidade.

— Não tive coragem de procurá-lo, Maria Helena.

— Ótimo. Então, ele ainda está vivo.

Riu, fazendo-me rir também.

— O que aconteceu comigo, afinal?

Desde o princípio, era o que ela desesperadamente desejava saber.

— Você costuma dizer a verdade sem rodeios. Tem coragem. Você gosta da verdade. Diga-me a verdade, por favor.

— Maria Helena, a gente não deve procurar muito a razão das coisas.

— Mas você vai me dizer, não vai?

Ela jamais desistiria do que achava fundamental.

— Você não sabe? Você nunca soube?

Perguntei-lhe, reconduzindo-a.

— Não me lembro... É apenas... Como se eu estivesse à espera. E às vezes me ocorre...

Eu temia o que viesse após as reticências. Maria Helena completou a frase, com a voz já muito longe:

— ...que eu talvez tenha morrido.

E veio o silêncio. Implacável, insensível, definitivo.

Voltei à sala, deitei-me sobre o tapete de pensação. Acendi o cigarro. Precisava chorar, com urgência, mas não consegui.

O bichinho preto no teto continuava preso à sua imobilidade, inatingível pela fumaça azulada, que subia e sumia, antes de se definir.

'Mova-se, bichinho, você está vivo.'

O pontinho conservou-se quieto. Surdo ou desobediente? Os objetos da sala, muito parados, eu muito parada. Só a fumaça movendo-se com languidez, numa sucessão de figuras bizarras.

Levantei-me, arrastei um pequeno móvel, subi e toquei com a ponta do dedo o bichinho.

'Anda, criatura! Mexa-se!'

Ele não se moveu. Não podia. Era um simples ponto preto na brancura do meu teto. Umedeci a ponta do dedo com a saliva e esfreguei-o. Sumiu.

De novo deitada no tapete. Refazer-me, apagar outros pontos.

Acautelar-me, pois haveria sempre o risco de perder-me entre os labirintos da imaginação.

E ainda teria tempo de levar as rosas ao túmulo de Maria Helena, pois já era novembro outra vez.

Mas, tempo não existe, não me dissera ela? O que vale são as coisas que a gente faz ou deixa de fazer...

A valsa

Quem quer viver, faz mágica.

João Guimarães Rosa
Tutaméia: Terceiras Estórias

Um-dois-três...

Ela rodopia e a escuridão estremece.

Luzinhas tímidas ameaçam. Vibram, crescem, e, de súbito, a claridade irradiada de sua mente explode na sala.

Sussurros se espalham na lembrança. A música em nova dimensão. Nasce a Valsa.

Um-dois-três, um-dois-três, um-dois-três...

Ela se solta, desatada.

Um-dois-três, um-dois-três, um-dois-três...

Quase tropeça na enorme caixa, o mausoléu de seu primeiro vestido de baile. Branco, feioso e muito digno.

A costureira da família, tranqüila e grisalha — o baile dela já ia longe —, optando pelo estilo clássico. Depois de alguma relutância aceitara copiar o modelo moderno na revista de modas. Sugerira plumetís, filó encaroçadinho, em conta. Anágua de tafetá sobre a anágua de tarlatana, dura, para armar a saia.

Ela se imaginara, a semana inteira, uma nuvem diáfana, rodopiando valsas de céu azul.

Um-dois-três, um-dois-três, um-dois-três...

Seu susto refletido no espelho, na primeira prova. A ajudante da costureira, chupando alfinetes, marcando aqui, ali, assim. O olhar apreciativo da modista. Dúvida, no olhar da mãe? E todas achando-a *muito engraçadinha*. Que horror, engraçadinha... Queria apenas ser bela. O vestido saíra exatamente o contrário daquilo com que sonhara, diferente da revista. Quem sabe, nela é que caía diferente? A cintura baixa, o corte desengonçado, ela não tinha quadris. Sem graça. Faltava qualquer coisa na blusa. Ora, os seios. Algum dia ainda seria peituda...

Um-dois-três, um-dois-três, um-dois-três...

Cerra de leve os olhos. Os violinos, ah, os violinos... Talvez já tivesse nascido alguma vez em Viena, e daquela vez o seu vestido tivesse sido lindo. É, vamos imaginar que o vestido ficou lindo. Que jeito?

Um-dois-três, um-dois-três, um-dois-três...

Abre de novo os olhos para não esbarrar nos móveis da sala. Os móveis, tão reais. Se fizesse barulho, todos lá em cima acordariam, desceriam ansiosos e tementes. E quando abrissem a porta, não entenderiam. A visão onírica daquele primeiro baile só existia para ela. A valsa doidamente linda. Os violinos, saídos de contos de fadas — teriam tocado para Cinderela? — Não importa que só tenha quinze anos e se ache feia.

Um-dois-três, um-dois-três, um-dois-três...

Rápido, mais rápido, a tonteira é divina. Amar deve ser assim. Assim? Então amar é uma dança divina.

As paredes se afastam, ela está valsando no infinito.

Mais rápido, porque o fim é sempre certo. Inabalavelmente certo. A Valsa precisa ter um fim, para renascer num outro começo, numa outra vez.

As luzes se apagam mansamente, tremendo, deitam sombras. A Valsa agoniza, inexorável, entre os últimos rodopios no silêncio escuro.

Um... Dois... Três...

A nuvem de filó com carocinhos, o sonho de plumetís, escorrega lentamente ao chão.

A porta, o tempo todo, entreaberta. Ela ouve os psius, porque a música silenciou. Volta-se, envergonhada, alguém a surpreendeu.

— Psiu, Vovó, por que é que você dançou no escuro, abraçada com este vestido gozado?

— Ele é feio?

Risinho.

— Não. É gozado.

Ela suspira de alívio. E então, a feliz idéia:

— Você quer dançar?

— Quero. Mas eu estou de pijama. Não faz mal?

— Dançar só pode fazer bem.

O garotinho se inclina convidando, Vovó ensinou.

Ela se inclina, agradecendo.

Um... Dois... Três...

— Você dança direitinho, sabe, Vovó? Até sem música.

Ela se espanta.

— Sem música?

— Prefiro com música.

— Então nós vamos fazer a música! Ouça...

— Não ouço nada.

— Faz-de-conta. Está sentindo?

Sussurros se espalham, se ampliam na imaginação dos dois. A música, em nova dimensão. Os violinos, ah, os violinos... Está nascendo a Valsa.

Um-dois-três, um-dois-três, um-dois-três...

— No escuro mesmo, Vovó?

— Não estamos no escuro, mas dentro da luz.

— Faz-de-conta?

— Faz-de-conta.

Um-dois-três, um-dois-três, um-dois-três...

Entregam-se à Valsa. Risonhos, exibem mutuamente a alegria de juntos rodopiarem.

O vestido *é apenas gozado*. Ela é a nuvem diáfana de uma revista tantos anos fora de moda.

Sente-se feliz porque recuperou seus sonhos intactos.

Seu novo par a conduz. Eles se amam e amar é maravilhosa dança divina.

Meu Deus, não importa aquele baile antigo, de sobressaltos e insegurança. Pois acontecerá sempre o milagre de se sentir jovem, e fazer da vida um emocionante e renovado primeiro baile.

Um-dois-três, um-dois-três, um-dois-três...

Perfil de Matilda

Inclina o perfil amado
nos veludos do silêncio
e apaga sobre esse quadro
as velas do pensamento.

Cecília Meireles
Retrato Natural
'Inclina o Perfil'

A iluminação do bar, tão suave quanto os sons do piano, porém suficiente para dissolver quaisquer dúvidas que ainda persistissem. Definitivamente, aquele não podia ser o perfil de Matilda. A princípio, surpresos, eles haviam admitido uma remota possibilidade: Matilda bonita quase, glamourizada pela maquiagem sutil, os cabelos platinados. Sensualizada pela novidade do sorriso que dirigia ao homem sentado à sua direita. Um homem que certamente não seria belo e atraente se não estivesse apaixonado.

À verdadeira Matilda que eles conheciam, proibia-se o sorriso fácil, aprisionando a sua espontaneidade atrás da linha fina dos lábios, pelo temor de evadir-se o grito de angústia, retido desde longo tempo. O vício de se precaver contra o mundo delineara em seu rosto uma sombra veladamente feroz. Como se ela estivesse se preparando para as emboscadas da vida, e este fosse o tema absoluto de sua existência.

O tempo de esperar algo excitante que, desconfiava, jamais viria, engrisalhara precocemente os seus cabelos. E ela nunca abdicaria dos xales de crochê em favor de um decote tão audacioso.

Matilda simplesmente não podia ser aquela mulher a quem o homem fitava com ternura, enquanto a garrafa de champanhe gelava no balde. Porque Matilda estava numa outra margem do mar, uma peça útil na família, sobrando quando tudo ia bem para todos. Atenta e agradecida se dela precisassem: disciplinar crianças nas folgas das babás, cuidar de alguém doente, dirigir a casa cujos donos estivessem viajando.

Matilda viajava pela vida sem esbarrar em acontecências notáveis. Cansara-se de esperar o entusiasmo. Se fantasiava anseios, ou se agredia impiedosamente a realidade, só o fazia muito a sós consigo mesma.

O casal continuava observando-a disfarçadamente.

— Agora acredito na teoria de que cada um de nós possui um sósia solto pelo mundo.

— A sósia de Matilda é especial. Feita de encomenda para este ambiente, música romântica ao piano e troca de olhares ardentes.

— Você consegue notar o ardor dos olhares?

— Adivinho.

Ele riu. Passou-lhe o braço pelos ombros. Pedira para si um uísque com gelo e para ela uma limonada.

— Pobre da *nossa* Matilda. Tão carente, e dissimulando a ausência de amor com uma altivez cansativa. Uma virgem martirizada pelo egoísmo familiar.

— Talvez a existência desse tipo de pessoa seja uma condição vital ao equilíbrio do universo.

— Vista deste ângulo, Matilda então é importante.

Com um movimento gracioso, Perfil virou-se lentamente para eles. De frente, ela ainda era mais Matilda. Embora sorrisse, confiante e encantadora. Esplendidamente Matilda.

— Disfarce, meu bem, ela está olhando...

— É natural as pessoas se olharem casualmente. E jamais ocorreria a esta desconhecida estarmos falando a seu respeito.

— Aliás, estamos falando mesmo é de sua sósia.

Perfil voltou-se novamente, continuando na contemplação afetuosa do companheiro.

— Imagina só, a *nossa* Matilda, como está mudada...

— Realmente, desde que a vimos pela última vez, antes da nossa viagem, ela teve o tempo de se apaixonar, cometer a proeza de se sofisticar e seduzir um árabe que negociava com seu irmão.

Romancear Matilda tornara-se um jogo excitante.

— Se for mesmo ela, então está nos fazendo de tolos. Como eu gostaria de dissolver esta dúvida...

— A dúvida, querida, é que torna a coisa toda mais interessante.

Ela suspirou. E então, lembrando-se de algo relevante, disse com decisão:

— Esta não pode ser Matilda.

Bebeu um gole de limonada e explicou:

— Matilda tem horror a roxo. Uma associação com a pior Quaresma de sua adolescência, os santos cobertos de panos roxos, e a traição do namorado que havia conquistado no carnaval. Ela descobriu o traidor assistindo à *Vida de Cristo* com a sua maior amiga, em plena Sexta-Feira da Paixão. Teve um chilique, coitada. Sentiu-se mais ou menos crucificada...

Ele achou graça e comentou, incentivando mais estórias:

— Então, o roxo determina que esta não seja Matilda.

— O roxo e o champanhe.

— O champanhe?

— De tanto brindar casamento alheio, ela tomou antipatia. Nada relacionado com o paladar, entende? Apenas uma frustraçãozinha.

— Você é formidável, querida. Conseguiu que ela deixasse escapar isso, também?

— Não. Isso eu deduzi.

Ele continuava rindo, deliciado.

Perfil voltou-se mais uma vez, naquele instante, como se estivesse representando a sua condição de sósia, satisfeita com a própria atuação. Admiravelmente Matilda. Impossivelmente Matilda.

— Deve estar nos comparando com algum casal conhecido.

— Este seria o ponto alto do nosso joguinho.

— A propósito, teremos sósias? Onde estarão?...

— Juntinhos, se tiverem esta sorte.

Ela sorriu.

— Vou escrever um cartão à Matilda, contando que a vi num flerte perturbante com um boa-pinta. Faço votos que isto a sacuda e lhe incuta uma idéia grandiosa.

— Que falta de caridade...

— Escrúpulos à parte, ela vai adorar.

Ele espiou as horas no relógio de pulso, à luz da vela que ardia no centro da mesinha, no castiçal de bronze.

— Vamos jantar? Há um *show*, e dizem que a bailarina é eletrizante.

— Espero que seja tão original quanto o *show* de Matilda.

— Por que não? É provável que a bailarina seja a sósia de outra amiga nossa.

— Já pensou que coincidência?

Saíram alegremente, mãos dadas, controlando o impulso de dizerem adeus à Matilda.

Perfil, no mesmo movimento anterior, virou-se. Ajeitando a vírgula do cabelo platinado, perto da orelha, num gesto de consciente coqueteria, observou-os saindo e despediu-se com um longo olhar. Depois, sorriu, ainda na dúvida se fora reconhecida.

Chapéu Amarelo

Muita vez pungiu em mim um acontecimento que descortinou minha ação.

Dinah Silveira de Queiroz
Eu venho
Memorial do Cristo

— Incrível, não acha? Quase um absurdo.

— Realmente, é uma coincidência espantosa.

Ele acomodou-se na poltrona confortável que já lhe tomava as formas. Molhou a ponta do charuto no conhaque e tirou longa baforada. Era ainda um belo homem. Bigode aparado e maneiras apuradas. Testa alta e lisa, ameaça de calvície que não fora além na cabeça grisalha.

'Testa inteligente', pensou ela. Conhecera-o há tempos, ainda menina. Seus pais haviam sido amigos de carreira e afinidades outras. Na sua meninice, achara-o 'aquele homem bonzinho' que um dia lhe dera uma boneca vestida de holandesa. Agora, a diferença parecia encurtada, e ele tornara-se mais moço, fugindo inconscientemente à idade.

Cálice de Porto entre os dedos, ela apreciava a elegância e a distinção do amigo.

O homem tornara-se pensativo, dividindo a atenção entre o conhaque e o charuto. Seu olhar profundo voltou-se para ela:

— Não sei se você compreende o meu desassossego. Tenho procurado explicação, pensei muito antes de confiar esta dúvida a alguém. Só mesmo você, minha querida, me inspirou confiança. Ninguém mais sabe.

— Fico-lhe muito grata por ter confiado em mim. Compreendo o seu desassossego. Mas cuidado, não se deixe envolver pela obsessão.

— Não é fácil. Preciso coragem para admitir. Já estou obcecado...

— Então, meu caro amigo, ela acaba de conseguir o que deseja.

— Como assim?

É simples, você está sendo seguido pela presença constante do Chapéu Amarelo. A face, incógnita sob a aba caída, parece esconder sempre a mesma mulher. Há um *de propósito*, nessa coincidência...

Fumaça e silêncio entre os dois. Após alguns minutos, ela continuou:

— Temos a mulher-enigma e um chapéu-símbolo. Falta descobrirmos o motivo. Não se trata de brincadeira. Teria durado pouco e ela se identificaria. Se perigo existisse, houve oportunidade. Reparou, como sempre esteve muito por perto? Acho que ela deseja ficar presa em sua mente. A imposição de uma lembrança do passado, quem sabe?

Os olhos dele sorriam, azulados, sob as sobrancelhas grisalhas.

— Gostaria que me ajudasse a descobri-la. Você sempre foi uma menina esperta.

Foi a vez dela sorrir.

— Vou ajudá-lo. Mas preciso de uma lista.

— Lista?

— Sim, de todas as mulheres que lhe foram especiais, nos últimos anos.

Olhou-a, inquieto. Homens de estilo não admitem indiscrições.

— Não precisa dizer os nomes. Basta descrevê-las física e espiritualmente. A gente acaba esbarrando *nela*.

Bebeu mais um gole de Porto e perguntou:

— A propósito, você foi casado, não?

— Descasei-me há tantos anos... Sempre me senti um solteirão. Minha mulher não se acostumava a morar longe do Brasil, então dei-lhe a oportunidade de refazer a vida como sempre sonhou viver, antes de entusiasmar-se por mim. É hoje companheira feliz de um fazendeiro paulista. Aliás, acaba de participar-me o nascimento de mais um neto.

Refletiu instantes e acrescentou:

— É possível que use véu, para ir à missa. Jamais algo sofisticado, ou mesmo um chapéu.

— Filhos?

— Não houve tempo...

Ele disfarçou a amargura num meio sorriso.

— Bem, você é um homem interessante. E muitas mulheres hão de ter pensado assim.

O meio sorriso virou expressão meiga e interrogativa.

— Quer saber a verdade? Sempre fui muito ajuizado. Trabalhei demais. Absorviam-me o trabalho e a leitura.

Rodando o copo bojudo entre as mãos, agitou de leve a bebida.

— Amores... Tive um caso mais ou menos longo. Mulher mais charmosa do que bonita. Mas queria se casar. As mulheres têm uma vocação terrível para o casamento. Não se atenua nem mesmo após alguns maridos. A lembrança de minha primeira experiência deixara-me cauteloso. Fui adiando. Adiei demais. Um dia ela avisou-me que ia se casar. Assim, com a mais inocente das naturalidades. Até me convidou, a diabinha... Nem sequer agradecendo a minha permanência no posto tantos anos, só por sua causa, já que razões sentimentais a impediam sair de lá. A família, os amigos, você sabe... Hoje me pergunto, terá valido a pena?

— Sempre vale. Só nos arrependemos sinceramente daquilo que deixamos de fazer.

Ele bebeu mais um gole, saboreando lembranças.

— Enfim, pequenas coisas a gente conduz. Mas as grandes, já estão determinadas. É o destino conduzindo a gente. Acredito que ela ainda pertença ao terceiro marido. Eu estivera localizado entre o segundo e o atual. E deve ter aprendido a amá-lo, pois é riquíssimo. Não o larga mais do que as horas no salão de beleza. Vive em Paris e envia-me cartões de Natal. Adorava chapéus, mas tinha cisma do amarelo.

— E depois?

— Depois?

— Sim, o novo amor. O amor seguinte.

— Nada de sério.

— Não seja assim tão inflexível...

Um lampejo de mocidade iluminou o rosto do homem. Ela indagou:

— Perdoe-me a curiosidade. Mas teria você destruído alguma ilusão?

A resposta veio rápida:

— E a gente fica sabendo, se as destrói? As mulheres são tão orgulhosas...

Ela colocou o cálice sobre a mesinha, ergueu-se e andou pela sala. Seu modo de pensar. Concentrava-se, em movimento. Sabia-se observada pelo amigo. Tanto melhor. Enquanto ele se distraísse com as suas pernas e o corte elegante de seu vestido, ela o pegaria de surpresa. Voltou-se, cruzou os braços, parando diante da poltrona.

— Então, diga-me. Quais foram os seus mais longos casos sem importância?

Fitou-a, reprimindo espanto. Vocacionalmente diplomata, conservara-se diplomata mesmo após a aposentadoria. Um caso ou outro, ritmo natural na sua vida de homem livre. Mas o plural o perturbara.

— Existirão casos de amor sem importância?

— Importância sempre existe. Mas à vezes cometem-se enganos. O homem pode considerar importante, sentimentalmente, a mulher que o teve apenas como passatempo e que o conservou por motivos práticos ou psicológicos. Medo de ficar só, dinheiro, posição na sociedade. E aquela que para ele não passou de um programa, companhia sempre pronta para aceitar seus convites, esta, só Deus e ela sabem o amor sincero e intenso dedicado ao homem. Tantas e tantas vezes sem coragem de confessá-lo. Acanhamento, receio de perdê-lo, ou porque não adiantaria mesmo.

Ele inclinou-se e beijou-lhe a mão.

— Recuso-me a crer que você tenha aprendido tudo isso pela própria experiência.

— A melhor ensinadora é a experiência dos outros. Não se vê bem, quando as coisas estão perto demais.

Ela retomou o seu lugar no divã, e ele disse com segurança:

— Não sou insensível à beleza feminina. Mas... Consegue-se adiar tudo na vida, menos a velhice e a morte.

— Se o homem lutar contra ela, a velhice manterá distância. E hoje existem armas maravilhosas ao alcance de todos.

— Agradeço-lhe a ilusão. Mas sei que alguém à sua espera não está se importando com esta nossa longa conversa. Fica-se sabendo que se está velho, quando a gente pára de enciumar...

Olhou-a com profundeza e ela desta vez não soube o que dizer. Achou mais prudente voltarem ao Chapéu Amarelo.

— Quero ajudá-lo. Mas precisa ser mais específico. Fala-me de alguma mulher que o tenha impressionado nos últimos tempos.

Ele sorriu, procurando.

— Bem, fui apresentado em Londres a uma coisinha de meia-idade vivaz e muito culta. Trabalhava como diretora de arte. Nosso relacionamento durou algumas semanas.

Pigarreou de leve e continuou:

— Conheci num jantar uma mulher muito interessante, e conversamos longamente...

Ela interrompeu-o:

— Conversaram ou flertaram?

Ele sorriu e pareceu divertido.

— Flerte? — insistiu ela.

— Bem, foi um flerte sem muita conseqüência...

— Flertes são terrivelmente perigosos. Em geral, parecem inofensivos, mas são o modo mais seguro de se chegar à paixão. Bem, vamos ver... Eram gordas ou magras? Ricas?

Franzindo a testa, no esforço de adivinhar relação de peso e situação financeira com a perseguição de um chapéu, ele respondeu:

— A primeira, baixinha e roliça...

— Eliminada.

— A outra, uma grande mulher.

— Grande mulher ou mulher grande? A diferença pode ser grande, também.

— Eu diria que, de certa forma, era grandiosa. Até na maneira de trair o marido. Quanto ao físico, generosamente dotada.

— Condições financeiras?

— Gente que consegue malabarismos com pouco dinheiro. Apesar de seus desviozinhos, parecia bastante afeiçoada ao marido. Tinha um jeito maternal de guiá-lo nos negócios e lembrar-lhe as pílulas que o defenderiam das complicações gástricas. Homenzinho conformado, sem grandes problemas a não ser o de entrar numa casaca possivelmente alugada e investir nos conhecimentos sociais. Gostava mesmo era de ficar de pijama, bebendo licor de peras e decifrando palavras cruzadas, contava ela. Sua vida social, uma condenação voluntária, em benefício da família.

— Também eliminada. Nenhuma se ajusta a Chapéu Amarelo. Pelo que você me descreveu, o corpo é elegante. Deve estar livre de maridos e empregos. E ter dinheiro, para se dar ao capricho de segui-lo.

— Você é muito sagaz, querida.

Consultando o relógio-pulseira, ela recusou mais um cálice de vinho. Aceitou, contudo, o olhar de admiração, terno e demorado, que ele lhe lançou.

— O jantar estava uma delícia, o Porto inesquecível. Você é uma companhia tão agradável que me fez esquecer a existência do tempo. Vou ajudá-lo, prometo. Mas deve cooperar, entende? Trabalhe com a memória e procure mais nomes. Combinado?

— Combinado. Vou suscitar um paraíso de mulheres.

— Deus o proteja contra o inferno delas...

Riram-se e ele abriu a porta, deixando-a passar. Acompanhou-a até o carro estacionado no pátio.

O jardim, iluminado pelos lampiões, falava muitas vozes. Multidiálogos entre os insetos, cochichos de vento leve nas folhagens. Choro de fio de água derramado algum ponto além, entre as velhas árvores. A solidão insinuando ser a sua companheira única desde que ele se aposentara de postos e amores, voltando à velha casa onde havia nascido.

Na manhã seguinte ele telefonou, confessando uma lista muito modesta. Apenas recordações ligeiras. Nada de realmente especial surgira de sua cuidadosa pesquisa na memória.

— Sinto muito, minha querida. Os nomes são poucos, as emoções confusas. Mas de sentimento, nada especial. É deplorável quando emoções suplantam sentimentos. Será que se envelhece amando menos?

— Talvez as grandes profundidades da juventude se tornem águas raras para os amores maduros. O longo sedimento das desilusões... Naturalmente tudo varia com as possibilidades de cada um. Há os que ainda conseguem se afundar no amor, apesar da idade.

Na segunda-feira, ele telefonou novamente. Havia ansiedade no seu modo de falar e insistir para que almoçassem juntos.

Para ela, Chapéu Amarelo não chegava a ter substância de mistério. Podia ser apenas coincidência. Relacionada com algo fixo no subconsciente do velho amigo, perseguia-o sob a forma de realidade. De qualquer modo, eram simpáticos e agradáveis os serões na velha mansão. A oportunidade de apreciar a casa no esplendor de um dia bonito estusiamou-a para o almoço.

A refeição foi servida no jardim de inverno. Do outro lado, no parque, pássaros brincavam nos galhos das árvores, o verde brilhando sob a invasão do sol. O fio de água, em alguma parte não longe dali, ria, cristalino. A solidão tinha medo dos dias belos e do canto das aves. Escondia-se agora, muito bem escondida, sem autoridade sobre o dono da casa.

Após a retirada do criado, a surpresa:

— Chapéu Amarelo, minha querida. Chapéu Amarelo esteve lá, no gramado, durante o páreo do Grande Prêmio.

Mostrava-se muito seguro de si, ao falar. Ela admirou-se. Não da presença de um chapéu, mas da naturalidade com que ele acreditava ser o mesmo das outras vezes.

— Não teria sido outro? O amarelo está na moda...

— Não. Era ele mesmo, o chapéu de aba caída. Reconheci-o imediatamente. Mas nada pude fazer, na Tribuna de Honra, cercado pelos amigos e toda aquela gente. Contentei-me em prendê-lo nas lentes do meu binóculo. Não consegui ver o rosto, mas o corpo era esplêndido e a mulher exibia uma grande classe.

Sua voz mantinha-se baixa, segredando quase:

— Não me inquieta ser perseguido por ela. Inquieta-me somente esta incognição. Quero-lhe a identidade, agora mais do que nunca.

— Você a terá, já prometi. E agora, pelo que me diz, as coisas tornaram-se mais fáceis.

Ele assentiu, e continuou:

— Arranjei pretexto para descer sozinho da Tribuna e procurei-a por toda a parte. Mas já havia sumido.

Numa subitaneidade, ela sentiu no cérebro o que chamava circuito mental: Chapéu Amarelo emergira da subconsciência de seu amigo. Ele começava a enxergar o amarelo do chapéu em tons e traços que só seus olhos viam. A idéia de ser perseguido era de fato lisonjeira. Mas de um momento para outro tornava-se ele o perseguidor, circulando em volta de seus próprios pensamentos.

— É uma presença escorregadia. Escapa-me, simplesmente.

Dúvidas também escorregavam sobre aquela anterior certeza que ela sentira. A princípio, havia se admirado com uma coincidência. Agora, a coincidência surgia ao vivo para uma realidade duvidosa.

Existiria, ou seria apenas o reflexo da obsessão, passando a funcionar em plano real?

Ela não queria descrer. Não queria. Apreciava a personalidade equilibrada do amigo. Amigos precisam antes de tudo compreender, para que o sentimento subsista.

Fascinavam-na os mistérios que envolvem o ser humano. Os mistérios de dentro, viventes na alma e os que surgem de fora, irradiados pelos outros seres. Aquele era simples, só pedia um rosto. O rosto incógnito e persistente que insistia, agora exigindo permanência. Rosto escondido e desejado. Mais se aproximava e paradoxalmente mais se distanciava.

Sacudiu as dúvidas, tentando dispersá-las. Prometera ajuda, ajudaria. Mas antes de tudo era preciso acreditar.

Mais vezes ele tornou a ver o Chapéu Amarelo. Numa sutileza sábia em estratégia, a mulher provocava-o, para desaparecer em seguida.

— É um plano diabolicamente matemático...

Ele relatava os encontros, durante os longos serões na sala acolhedora, protegidos da noite fria pelo calor de suas conversas.

— Curioso. Na força do existir anônimo, aquele chapéu parece ter roubado o fluido humano do rosto que esconde. Olhando-o, posso sentir-lhe as vibrações. Tem personalidade. Uma personalidade sugada.

Ela se preocupava. A emoção do amigo, uma constante no brilho dos olhos, nos gestos antes comedidos. Ele atribuía a um simples chapéu a condição de ser vivo. Cada novo encontro e a coisa tornava-se, mais e mais, um alguém.

— Ele me vê. E tenta hipnotizar-me. Ontem, no salão repleto de pessoas, parecia um basilisco, fulminando-me.

Ela se sobressaltava, no íntimo, sem deixar transparecer.

— Meu caro, basiliscos não freqüentam recepções. E um chapéu não pode transformar-se em réptil chocado por serpentes.

Ele sorriu, mas ainda disse:

— E contudo não tirava de mim seus invisíveis olhos amarelos...

Ela desenhou com a imaginação os rabiscos de um rosto. Sem olhos, sem boca, sem nariz. Apenas o contorno. Como seriam os traços? Olhos redondos e sinceros, ou felinos e enigmáticos? Nariz arrogante ou tímido? E a boca, fechava malícia ou desprezo? Lábios sorrindo esperas ou riscando linha de crueldade?

Chuviscava de leve, mais para o jeito de garoa. Uma dessas noites que molham a alma.

Sentados à luz das opalinas, conhaque e vinho do Porto.

— Interessante, o que as cores fazem com as pessoas. Muito mais do que aquilo que as pessoas fazem com elas.

— Ah, sim. Uma cor pode ser influência muito forte, eu sei, e conter mensagens...

— Estava pensando no amarelo.

— Amarelo?

— Sim. A cor do ciúme.

— Mas o ciúme não é verde?

— Tem olhos verdes, mas garanto que é amarelado...

Ele riu. Homem bonito, entrando assim na despreocupação. Ela sentiu vontade de adiar a conversa séria, brincar um pouco, falar de outras coisas, estender o assunto das cores. Para que ele risse mais, feições rejuvenescidas e alma leve.

— É bem verdade que nós vivemos atacados ou protegidos pelas cores, sem nos apercebermos. O branco, por exemplo, estimula nossas tristezas. Verde, azul, dão paz. O vermelho, ao contrário, agride-nos.

— Mas tem o seu lado bom. Não é verdade que na Idade Média era empregado no tratamento de anêmicos e deprimidos?

— Exato. O vermelho é neuroanaléptico, estimula o desejo...

Parou bruscamente. Ela estava usando um vestido vermelho.

— Outrora havia mais respeito pela crendice popular. Hoje, a ciência tomou conta. Mas haverá sempre um fundo de verdade persistindo. O homem está muito preso às teorias antigas, embora lute para libertar-se.

Ela concordou.

— O amarelo é uma cor quente, tem mistério. Favorece a prudência. No Oriente, significa pureza e sabedoria. Não são os bonzos que se vestem com longas túnicas amarelas, evocando a pureza?

— Isso mesmo, minha querida. E na heráldica o amarelo é o símbolo do poder. Nobreza, opulência, sabedoria...

— Mas nos tempos medievais também era a cor da humildade.

— Também. E já simbolizou até mesmo humilhação, durante a guerra. A Estrela de Davi, pintada de amarelo sobre as vestes, servia para diferenciar os judeus, separando-os dos outros.

Descontraídos pela bebida e pela intimidade do ambiente, eles se entregavam ao jogo das palavras e das cores.

— Sabe que o amarelo do nosso mistério pode conter uma mensagem? Chapéu, tão pouco usado atualmente, há de conter também a sua simbologia.

De súbito, perguntou:

— Alguma vez prometeu chapéu e quebrou a promessa?

Ele divertiu-se com a idéia.

— Se isto tivesse acontecido, e posso lhe garantir que jamais aconteceu, seria motivo bastante insólito para alguém atormentar-me tanto, não acha?

— Bem, seria uma cobrança cara. Mas nós, mulheres, somos tão imprevisíveis...

— Você seria capaz disto?

— Nunca. Eu cobraria o chapéu na hora. Não gasto tempo. Ou então, desistiria dele.

— Do chapéu?

— De ambos.

Pela sala quieta, suavemente iluminada, ele desdobrou o riso forte, convidando-a a rir também.

Ela começou a examinar a sala, como se ali tivesse acabado de entrar pela primeira vez. Procurava sem saber. Quadros e objetos contavam terras e épocas. Sobriedade e bom gosto. Livros e arte.

— Você já serviu no Oriente?

— Algum tempo.

— Que beleza, essas peças. Devem ser miniaturas Ming.

Tocou de leve as duas estatuetas. Ele levantou-se.

— São Ming, sim, e são estupendas. Ming quer dizer brilhante. E pode-se chamar realmente brilhante o período entre o século XIV e o XVIII. Está incluído entre os melhores da arte oriental.

Olhava, embevecido, as preciosidades. Arte chinesa era seu forte. Tornava-o loquaz.

— A partir do século XIII começaram a surgir as grandes dinastias Sung, Yuan, Ming, Ch'ing...

Apontou outra estatueta, indo buscá-la na mesinha de canto.

— Esta é Ch'ing. Significa límpido. E não é de uma limpidez perfeita?

Invadia a arte da China com o entusiasmo de um conquistador.

— Você possui preciosidades. E merece possuí-las, porque as entende e aprecia. É lamentável quando vão parar nas mãos de quem só as admira pelo que pagaram por elas...

Animado, ele exibiu mais outra peça.

— Esta aqui, veja. Deve pertencer ao período Liao ou Hsi-Hsia.

Sentaram-se, mas ele não parava de contemplar as duas estatuetas Ming.

Ela percebeu.

— Alguma estória especial?

— Você não deixa escapar nada...

Sorrindo, ele explicou:

— São as divindades Constância e Gratidão. Ambas me foram dadas por uma amiga muito querida.

Ternura em sua voz. Tristeza ou melancolia que podiam ser saudade. Acomodado na poltrona, ele umedeceu a ponta do charuto no conhaque, tirando longa baforada. Sem pressa, no velho hábito.

— Chinesa, a amiga?

— Sim. Muito chinesa. E tão especial quanto as divindades que me deu. Meiga, sensível, feminina. Sem a auto-suficiência das mulheres ocidentais que amei.

Ela ia dizer alguma coisa. Desistiu. Não adiantava convencê-lo das vantagens da auto-suficiência feminina. Mas quis saber:

— Jovem?

— Difícil dizer. Mulher tem várias idades, dependendo do estado de espírito e do modo de se apresentar vestida e penteada. Ela era jovem. Porém, com aquelas roupas e a pintura exótica, difícil dar-lhe a idade certa. Faz parte da sabedoria oriental, este jogo de adivinhações.

Piscou o olho com uma ponta de malícia.

— Então ela se vestia à moda oriental?

— Sempre. Era e ainda deve ser orientalíssima.

— Vocês se amaram, ou foi só amizade?

Ele ausentou-se da sala em relembramentos. Somente alguns minutos, porque ela o trouxe de volta, insistindo.

— Sim, amor. Mas de modo diferente, até desconhecido para mim. Ela era diferente. Amei com medo. Eu sempre dera mais do que recebera, e daquela vez acontecia o contrário. Recebi demais, sem estar acostumado. Não me sentia tampouco seguro de mim. Queria viver, sem me prender definitivamente a mulher nenhuma. Tanta dedicação deixava-me amedrontado, e a dedicação pode ter braços longos e sinuosos.

— Durou muito tempo?

— Algum. Ela vivia só, viúva de um homem que não amara, mas com quem fora obrigada a se casar, ainda menina, por imposição das tradições. Conhecemo-nos em Hong Kong. Fazia uma noite mágica, a lua propícia e perigosa para encontros como o nosso.

Ela escutava-o viajar no tempo.

— Ninguém nos apresentou. Simplesmente nos aproximamos. Foi o início de algo especial, que nunca deveria ter começado.

Demorou a prosseguir.

— Parecia uma borboleta de reflexos atraentes, pousada na noite com a intranqüilidade das borboletas... Vivemos belíssimas luas de amor. Inesquecíveis. A solidão me colocara num estado de vulnerabilidade. Deixei-me envolver pelos seus encantos de mulher também solitária. Aprendi artes novas. Aprendi a meditar, concentrando-me em belezas antigas que diariamente nos passam despercebidas. Redescobri o céu. Reencontrei Deus. Vivi outro mundo, outras épocas. Conheci a China, aprofundando-me na sua História. Pela casa, que tinha a paz de um templo, espalhavam-se raridades de valor incalculável, das Cinco Dinastias, anteriores ao século X. Cada uma delas, uma lenda diferente que eu escutava dos seus lábios. Toquei com minhas mãos preciosidades Liang, T'ang, Chim, Han, Chou... Bebíamos chá de jasmim à sombra de cerejeiras e ela cantava com a voz tão doce, inebriante...

Parou de falar e olhou-a como se estivesse desculpando-se.

— A princípio, fiquei enfeitiçado. Convivência de sonho, com uma mulher também de sonhos... Mas acordei a tempo.

— Ela deve ter sofrido muito, quando você... acordou.

— Fui uma peste. Nem gosto de lembrar-me.

— Não adianta a gente gostar ou não. Quando as lembranças começam a voltar...

— E, com elas, o remorso...

— Foi tão grave assim?

— Foi criminoso. Você talvez nunca esperasse isso de minha parte. Acho que ela também não esperava.

Ansiosa, ela o encorajou com um olhar de compreensão.

Ele procurava palavras e coragem para dizê-las.

— Fugi.

— Fugiu?

Ela riu, sem conseguir evitá-lo Ele mostrou-se embaraçado.

— Acha graça? Foi a atitude mais imoral da minha vida! Com tanta experiência e maturidade, sentir medo de uma mulher frágil e inofensiva...

— Medo é um estado. E é causado pela noção de realidade ou irrealidade. Os jovens são mais audaciosos porque sabem menos. A experiência nos ensina que é preciso sentir medo para nos protegermos em certas situações. Além de tudo, mulheres inofensivas e aparentemente frágeis são as mais perigosas.

— Isso não justifica o meu procedimento, nem ameniza a minha culpa. Foi uma conduta inqualificável...

— Apavoraram-no tanto os tentáculos da dedicação de sua chinesinha?

— Exato. Ela não escapava à vocação do sexo. Queria se casar. Assustei-me. Já lhe disse, não estava muito seguro de mim.

Após breve pausa, continuou:

— Sou um sentimental, apesar de tudo. Tentei de modo delicado mostrar-lhe todas as nossas diferenças. Raça, educação, costumes... Até a idade. Seu rostinho, apesar de impenetrável, lembrava a expressão da menina que nega a realidade para fugir ao sofrimento. Prometeu envelhecer de propósito, para diminuir a distância entre as nossas idades. Imagine, aquela mulher linda, jovem, subtrair-se à própria mocidade para se igualar a mim!

— Ela deve tê-lo amado muitíssimo.

Ficou momentos sem nada dizer. Depois inclinou-se, confidenciando:

— Prometeu mais. Ocidentalizar-se, transformar-se, arrancar de si as raízes de sua origem. Foi demais! Nem ao menos eu estava pedindo, nem ao menos queria isso dela. Desenraizar tradições tão profundamente enraizadas... E o que mais me angustiava, irritando-me, talvez como reação contra mim mesmo, era aquela sua terrível, ameaçadora humildade.

— Pobrezinha...

— Ainda ouço seu choro manso, sem queixas. Preferia ter assistido cenas, escutado lamentos e ameaças. Mas não. Ela só fazia chorar. Se não fossem as lágrimas, eu diria que estava cantando. Ela não desejava aborrecer-me com a sua dor.

— Afinal, não se pode evitar um amor assim tão grande. Não se tem culpa.

— Tive culpa, sim. Alimentei uma ilusão. Ninguém tem esse direito, se não puder corresponder.

O tique-taque do velho relógio de parede marcava o tempo. Até barulhos rotineiros ganham valor, quando o silêncio ameaça.

— Ela tinha os cabelos belíssimos. Negros e brilhantes, da cor do charão. Usava-os presos, mas quando estávamos a sós ela os soltava. E eles refletiam mais vida, sensualidade. Cantavam, alisados pelas minhas mãos, e eu me sentia atingido, aprisionado. Quando tentei convencê-la da loucura de ocidentalizar-se, pegou os cabelos e cortou-os diante de mim. Não tive tempo de impedir este... sacrifício. Sem palavras inúteis, olhos condenando ao mesmo tempo que perdoavam, depositou a meus pés a cabeleira esplêndida. Uma sacerdotisa, no ato do sacrifício. Terrível!...

Apoiou a testa na mão e calou-se.

Interrompeu o pensamento para confidenciar:

— Lembro-me agora do que a fez cortar os cabelos magníficos. Sufoquei mil vezes a lembrança penosa. Mas retorna, implacável, aquela frase cruel que o egoísmo e a imprudência me fizeram dizer.

Abaixando os olhos e a voz, ele repetiu:

'Não posso aceitar isso de você. Jamais se adaptaria definitivamente a mim e eu não posso viver aqui para sempre. Não cometa a tolice de ocidentalizar-se.'

Os dois se entreolharam. A mesma dúvida. A mesma idéia.

— Foi há muito tempo?

— Há muito tempo...

— Nunca mais se viram?

— Nunca.

Nêmesis. A punição. A desaprovação violenta do erro. Talvez Chapéu Amarelo não existisse. Seria apenas uma dívida inconsciente, pela qual ele pagava agora o preço da obsessão e da angústia.

Ficaram calados durante alguns momentos, como se o mútuo silêncio fosse um ato de respeito à chinesinha e à sua dor.

Ele olhou-a fixamente como se a estivesse vendo pela primeira vez.

Das portas-janelas que se abriam para o jardim em sombras, a solidão procurava se ocultar na loquacidade dos insetos. O odor de terra molhada era o cheiro do mistério que o chão deixava recender.

Então ele disse, em tom confessional:

— Sinto-me puro, e de certa forma inocente, agora que falei. Evitando a reflexão justa sobre um fato que me confundiu durante tantos anos, permiti afirmar-se em minha mente a condição injusta de uma culpa que não merecia. Afinal, nunca pretendi magoá-la. Amei-a a meu modo e também sofri quando ela sofreu...

Ele ergueu-se e caminhou em direção ao sofá.

— Agradeço-lhe muito. Você me ajudou enormemente. Sozinho, eu não teria conseguido explicar tudo à minha consciência. Chegamos juntos à verdade.

Emocionada com a transformação no semblante do amigo, a ansiedade e a expressão tensa desanuviadas num sorriso luminoso que o rejuvenescia, ela perguntou:

— Então não se incomoda mais se Chapéu Amarelo continuar a persegui-lo?

Ele refletiu com cuidado, procurando ser sensato.

— Não estou tão certo quanto à minha reação futura. A curiosidade persiste, mas isto é uma tendência natural. A preocupação doentia é que me parece enfraquecida. Foi-se diluindo durante o nosso convívio. Perdeu a consistência, atingida pelas deduções dos nossos diálogos tão... analíticos...

Sentando-se ao lado dela, segurou-lhe o queixo e ergueu o rosto que sorria, depois acariciou-o com a ponta do dedo, querendo transmitir e também absorver, pelo tato, as emoções intensas que ambos estavam sentindo. E que talvez houvessem sentindo desde sempre, preservando a revelação para que esta se soltasse num momento maior.

— Você volta amanhã?

Ela voltaria, sim, voltaria.

Então ele beijou-a nos lábios, com ternura. E num gesto imperceptível, tomou o cuidado de levantar, antes, a aba de um imaginado chapéu.

Sobrancelhas Eróticas

Je voudrais épuiser sur moi
l'éternité.

Anna de Noailles
Les Eblouissements

Erosine veio para o chá. Nos ombros, Esperança Alucinante, meia-capa de lã tingida de um verde agressivo.

Quando ela senta, mostra os sapatos incríveis. Tenho visto *love* pintado, impresso e aplicado em coisas tantas, diferentes, mas é a primeira vez que o vejo esculpido em saltos de sapatos, saltos Anabela.

Erosine revira o pé no ar, absurda e graciosa. Comenta com naturalidade:

— Se eu não fosse mulher simbólica, isto seria de uma cafonice ímpar.

Olha demoradamente os pés e ajunta depressa:

— Cafonice par...

— *Love* sob os pés, Erosine? O que é isso?

— Equilíbrio estável, querida.

Dá um sorriso, desabotoando a capa e vestindo com ela o encosto da poltrona. Surge a blusa branca, de babadinhos. Acaricia os babadinhos e olha, distante e sonhadora.

— Isto aqui é *belle époque*. Eu adoraria ter vivido naquela época...

Ela gosta de batizar suas roupas com nomes duplos e simbólicos. 'Esperança Alucinante', uma inspiração repentina, em pleno saldo europeu. A capa e Erosine se espiaram através do vidro da vitrine. Amor à primeira vista. Ela entrou na loja e saiu realizada.

— Alucinante verde, que esperança me dás...

Palavras ajeitadas e foi dado o apelido.

Estamos em pleno chá das quatro. Os ingleses que cultivam este hábito agradável, com um ritual de absoluta pontualidade, colocam a chaleira no fogo às quatro menos dez e investem a sua sabedoria nos próximos minutos de descanso físico e mental.

Erosine recebeu educação francesa, muito na moda de educar menina bem-nascida, em sua época. Foi atraída, mais tarde, pela tradição inglesa. E Byron, o poeta, teve muito a ver com isto.

Ofereço-lhe um sanduichinho. Ela morde-o com entusiasmo, deixando cair um pedacinho de pepino na saia escura. Tira-o dali delicadamente e coloca-o na ponta da língua. Suspira.

— Estou apaixonada.

Desde os nossos longínquos treze anos, já me acostumei a ouvir esta revelação. Erosine tem a capacidade de se apaixonar avassaladoramente, de vez em quando. Ainda assim me espanto.

— Apaixonada?

— Díssima!...

— Então você está feliz.

— Desta vez o caso é mais ou menos complicado.

— Casado?

— Não seja provinciana, querida. Antigamente, podia ser complicação. Agora temos o divórcio, lembra-se?

Bebe um demorado gole de chá. Imito-a, dando-lhe tempo. Seus olhos me espiam sobre a xícara.

— Você ainda não me respondeu.

— Não é casado, nem divorciado.

— Viúvo fiel à memória da mulher?

Faz um trejeito de desdém, com a boca bonita pintada em tom coral.

— São os mais fáceis de serem seduzidos, porque não agüentam a solidão.

— Então...

— Não é viúvo. — E logo adiantou: — Até você não acreditaria, mesmo com a sua imaginação saltitante.

— Alguém conhecido?

— Hum...

— Amigo antigo?

Ela me observa e diz repentinamente:

— Olha as rugas.

Apresso-me em desfranzir a testa.

— Cuidado, Erosine.

— Cuidado com o quê? Um amor platônico não pode ser temível.

Engole um bolinho quase inteiro, porque paixão sempre lhe estimulou o apetite. Especialmente no estágio do platonismo. Para Erosine, o clima de namoro é o prefácio fundamental para a seqüência de capítulos vibrantes, num caso amoroso bem-sucedido.

— Ele já é... muito velho? Ou muito jovem?

Seus olhos riem, mas o resto dela toda está na maior seriedade. Responde lentamente:

— Ele ficou preso àquele momento mágico em que a juventude já está ficando cansada e a maturidade ainda não intimida.

Fixa um biscoito de aveia, mas desiste.

— A eternidade é abismante, querida... Ah, como eu gostaria de ter algum controle sobre ela. Esgotá-la, consumi-la, antes que ela me devore infinitamente...

Suspira e acrescenta:

— Disso ninguém escapa.

Erosine fica mais bela, falando assim, em devaneios. Recupera a adolescência. Vinte anos, pelo menos, abandonam-lhe a alma e a expressão. Volta a ser jovem e vulnerável.

— Quem é ele, afinal?

Ela jamais esclareceria alguém ou alguma coisa sem o preâmbulo do mistério. Mas já tendo cultivado as entrelinhas, e fabricado o suspense das reticências, revela num anticlímax:

— 'Sobrancelhas Eróticas'.

Seus apelidos duplos não se aplicam somente às roupas.

— É a primeira vez que você me descreve um homem começando pelas sobrancelhas.

— Porque jamais vi tão lindas.

Desenha um gesto delicado no ar, cruza as pernas. O *love*, no salto do sapato suspenso, exibe sua gentil forma artesanal.

E acrescenta:

— Escuras, espessas... sombreando segredos. Incrivelmente bem-feitas.

Ela fala devagarzinho, talvez com medo de não ser compreendida. Numa espécie de solilóquio, vai abrindo a alma.

— Tia Renée, minha tia francesa, viúva do tio Geraldo. Lembra-se dela?

— Vagamente.

Erosine possui uma apreciável coleção de tias e tios, distribuídos pelas diferentes capitais do mundo.

— Sempre nos mantivemos carinhosamente à distância. Cartões de Natal, telegramas nos aniversários... Nada muito além disto. E então, a velhinha me comunica saudades, participando que está nas últimas. Viajei. Fui encontrá-la no salão de moveizinhos dourados, com biombo de pássaros de seda. Cercada pelas fotografias antigas que a solidão havia retirado dos baús. Afundada numa poltrona de orelhinhas, seus olhos pedindo que eu ficasse... até o fim. Fiquei. Ouvi estórias. E fui flechada por 'Sobrancelhas Eróticas'. Apaixonei-me num piscar de pestanas.

Bebe o último e certamente já frio gole de chá e disto talvez nem se aperceba.

— O casarão é enorme, tem quarto que até hoje não visitei. Era dos pais dela, sabe? Ela herdou-o e sempre viveu ali com o tio Geraldo. As pessoas são mais frágeis do que as casas que constroem...

Erosine absorve com a ponta do guardanapo uma lágrima gorda que se instalara, espremida, entre os cílios.

— Ela me deixou tudo. Moveizinhos dourados, biombo com pássaros de seda e os velhos retratos amarelados.

Suspira, estremecendo os babadinhos da blusa.

— Você jura que não vai rir de mim?

Afirmo com um gesto de cabeça.

— Jura que não vai arregalar os olhos e ficar de boca aberta?

— Prometo.

— Prometer é pouco. Tem de jurar.

— Juro.

Erosine enrubesce. A última vez em que a vi enrubescer foi há anos, ainda no colégio, ao confessar-me a sua paixão pelo nosso professor de português.

— Estou apaixonada pelo pai de tia Renée.

Cumpro o prometido. Não arregalo os olhos, não abro a boca. Sufoco o espanto. Mas vou calculando rapidinho. Tia Renée se despedira deste mundo arrastando nas chinelas uns oitenta e muitos. Seu pai, se vivo estivesse, já estaria celebrando os cento e tantos.

— Fico horas diante daquele retrato, imaginando coisas... lindas. Estou maluca pelo homem...

Erosine se levanta, coloca nos ombros 'Esperança Alucinante'. Dá alguns passos de *love* e os engraçados saltos dos sapatos seriam de uma cafonice par, se ela não fosse mulher simbólica, ímpar.

— Tia Renée contou-me ter ganho a fotografia do pai, quando era menina. Conservou-o assim, a vida inteira, sobre a escrivaninha. Meu Deus, por que me atrasei tanto em chegar neste mundo?

Apressado, fugaz tempo labirintoso. Existirá mesmo, ou é apenas uma forma de desculpa do destino?

Erosine se despede com um beijo distraído, certamente quer voltar logo para 'Sobrancelhas Eróticas'.

Da próxima vez que vier para o chá, perguntarei aos saltos de seus sapatos se ela ainda cultiva esta paixão anacrônica e impossível pela imagem de um retrato antigo. A imagem presa àquele momento mágico em que a juventude já está ficando cansada e a maturidade ainda não intimida.

Tinha de ser você

Aimer, ce n'est pas se regarder l'un autre, c'est regarder ensemble dans la même direction.

Saint-Exupéry
Terre des Hommes

Ela entregou o cartão de embarque à moça de uniforme. Ali, naquele instante, sentia-se apenas um número. De repente, lembrou-se de Hugo. Se ele pudesse vê-la, certamente diria um gracejo.

A tripulação cumprimentou-a gentilmente.

A poltrona recebeu-a confortável e macia, e ela procurou relaxar-se. Foi-lhe oferecida uma taça de champanhe.

O alto-falante cantava ressossegante *It had to be you*, a melodia das festinhas de dança. Uma saudação de Hugo? Aeromoças bem vestidas e bem maquiladas, solícitas, davam atenção aos passageiros.

'Apertem os cintos e não fumem.'

Já deslizavam pela pista. Devagar, devagar... E mais rápido, rápido, pássaro acelerado, preparando a subida.

Empolgante, o abandono do chão. Todos ali dentro tornavam-se os donos do espaço. Subiam, subiam, voavam, voavam... Seu coração subia e voava também. A terra dos homens já estremecia um longínquo cintilar de luzinhas.

Próximo às estrelas, navegavam num mar de alturas. Sensação de desprendimento e ao mesmo tempo de posse.

O piloto deu boa-noite pelo alto-falante, desejou-lhes boa viagem, comentou a altitude e as condições climáticas. Poderia ser a voz de Hugo, ou ela estaria imaginando para melhor saborear as recordações e a viagem?

Inclinou a poltrona, fechou os olhos, *e viu Hugo pela primeira vez, rodeado de suas adoradoras. Sentiu vontade de dançar com ele. O terraço borbulhava animação. Os rapazes de terno — paletós abotoados — e as meninas quase moças, usando meias de* nylon, *com a certeza de que isto as tornava mais velhas — e elas queriam justamente parentar assim —, dançavam ao som dos discos empilhados na vitrola. Naquele tempo, não havia* tapes, *nem CDs; apenas discos pesados, que se empilhavam na vitrola e iam caindo, suavemente. Odiou suas meias brancas de algodão, subindo-lhe até os joelhos, e o vestido que lhe parecia infantil. As outras já usavam sapatos de saltinho quatro e meio. Ela, mocassins de saltos grossos. O cabelo, liso e fino, sem fazer aquela onda que o cabelo das outras sempre fazia. Impossível ser notada. Muito menos pelo Hugo. O bonitão, o simpático, o líder de todas as reuniões.*

Magrela, ansiava ter formas que a tornassem bela. Era sua grande ambição, naquela época.

Sentiu vontade de dançar com Hugo. Cochichou com a dona da festa, pedindo para ser apresentada, era assim que se usava. E como funcionava bem, a velha técnica da apresentação... Viu de longe — roendo as unhas, até então nunca entregues à manicura, a amiga tocar o ombro de Hugo e apontá-la. Viu também a careta que ele fez. Odiou-o. Se não estivesse tão apaixonada, não o teria odiado tanto.

Mas dançaram. E enquanto o disco tocava It had to be you, *ela pensava 'Só pode ser você'. Ele dançava uma beleza, só que não lhe deu a menor atenção. Estava com a festa inteira nos braços, menos ela. Afastava-se, dizia coisas para as garotas. Cumprimentava um amigo, assobiava a canção, e simplesmente ignorava-a. Apesar de tudo, gentil, cumpria até o fim a penitência de arrastá-la pelo terraço.*

Quando acabou aquele maravilhoso suplício, ela foi ao banheiro, trancou-se, e chorou. Saiu de rosto lavado, nariz vermelho, e a firme decisão de algum dia seduzir Hugo. Ele jamais tornaria a fazer caretas, nem dançaria com a festa inteira enquanto a tivesse nos braços.

Iniciou extravagante superalimentação. Precisava adquirir formas. Ondulou os cabelos, treinando a mecha de modo que escorregasse de lado, displicente. Pediu à mãe um par de meias de nylon. *Que vieram acompanhadas dos sensacionais sapatos de camurça, mais altos alguns centímetros, obrigando-a ao exercício diário a fim de ser manter, sem perigos, num equilíbrio perfeito, durante as futuras danças. O vestido novo, feito pela mãe, rodopiava verdes godês de esperança ao redor de seu corpo. As pernas continuavam finas, e o busto, uma tábua. Implorou o novo modelo de sutiã com enchimento. Conseguiu-o, à custa de um dez em matemática.*

Leve camada de batom. Perfume na ponta das orelhas. Foi à festa com o coração descompassado.

Hugo, o centro das atenções, e suas adoradoras em volta. Explicava alguma coisa, fazendo gestos largos no ar. De repente, atirou no espaço um aviãozinho de papel, e este veio cair aos pés dela, calçados com os magníficos sapatos de camurça, cuja altura ainda lhe provocava vertigens. Sem se abalar, ela olhou o chão, como se olhasse o fundo de um abismo. E, durante um minuto 'fora deste mundo', teve o próprio Hugo ajoelha-

do diante dela, quando ele se abaixou para recuperar o avião de papel. Ouviu-o perguntar baixinho à dona da casa:

— Quem é essa belezinha?

Belezinha. Diminutivo, mas já era um bom começo. Exultou.

Não ouviu a resposta, porque outro rapaz já a convidava para dançar.

O cotillon *sempre causava agitação. Buquezinhos* de *'sempre-vivas' foram distribuídos entre os rapazes e as moças.*

Hugo aproximou-se, risonho e confiante, demorando de propósito em conferir as cores das florezinhas rosa e verde:

— Acho que tenho de dançar com você. Nossos cotillons *combinam.*

Ela faz um pose estudada dúzias de vezes diante do espelho, e que poderia se adaptar a quaisquer circunstâncias, inclusive àquela.

— Não tem, não. É só trocar o cotillon *com outro.*

E sacudiu a mecha de cabelo para trás, sabendo que ela voltaria a cair-lhe na testa.

Franco e objetivo, Hugo não era de esconder coisas. Deu uma risadinha, e disse:

— Já troquei. E paguei a metade da minha mesada pra livrá-la de agüentar o cara chatíssimo que ia ser seu par.

Ela sentiu as pernas bambearem. Conseguira valer a metade da mesada de Hugo. Mas quando valeria a mesada inteira?

Dançaram a noite toda. Envaidecida, feliz, ela se lembrou da série de promessas que teria de cumprir, pois comprometera-se com vários Santos.

Aconteceu de mansinho, tão naturalmente. Mas na realidade eles dois procuravam aquilo: o calor dos rostos, a emoção das peles encostadas. Sentindo o rosto de Hugo colado ao seu, ela sentiu também, pela primeira vez, aquela sensação maravilhosa em todos os pontos do corpo onde poderia estar localizada a alma. Foi lindo. Estremecia nos braços de Hugo, com medo de chorar. O primeiro beijinho, furtivo, roçado de leve perto da orelha, e a mão dele apertando-a com carinho. Se Hugo não a segurasse com firmeza, ela talvez escorregasse. Amar era maravilhoso, mas deixava a pessoa sem equilíbrio.

Entrara subitamente num mundo até então desconhecido, luminoso, do qual nunca mais conseguiria sair.

— Você é leve, sabe? Parece que estou dirigindo um avião.

Idéia gozada, compará-la a um avião. Mas Hugo dizendo, qualquer disparate ganhava sentido.

— Já dirigiu algum?

Era preciso voltar do paraíso, a fim de não perderem completamente a ligação com a realidade.

— Vou dirigir vários. De todos os tipos.

Ela estremecera, e ele a apertara mais junto a si.

Ficou escutando as explicações que Hugo, entusiasmado, ia dizendo. Voaram juntos, aterrissando intactos.

— Não tem medo? — sussurrou ela, considerando a própria pergunta imbecil, mas, que jeito, já estava feita.

Hugo afastou-a de leve, o bastante para olhá-la de frente.

Surpreendido, mas todo sorrisos.

— Você já leu Saint-Exupéry?

E foi assim que Saint-Exupéry entrou também na sua vida. Desde então, o escritor-aviador seria uma espécie de ligação espiritual entre as ambições de Hugo e as dela própria.

A aeromoça interrompeu-lhe o devaneio, ajeitando a mesinha do jantar. Alguém entre os passageiros se daria conta da aventura misteriosa que estavam vivendo?

Ela e Hugo, sempre dançando. As festinhas aos sábados, telefonemas diários, ele tentando conduzi-la às alturas. Imaginava-se casando com Hugo.

Como seria a vida de mulher casada com aviador? Separações e perigos. Sempre à espera, sem uma certeza.

Mas afinal, existe alguma fórmula certa para a sobrevivência? A vida vai se desenovelando até que o fio se rompe. No céu? Em terra firme?

Hugo e Saint-Exupéry se confundiam, em sua mente.

— Lá em cima, a beleza é feita de mistério. Feita de silêncio. A gente sente o espaço, integra-se nele. Totalmente.

— Pois eu, tenho medo.

— Tolinha, medo de quê?

— De morrer.

A risada confiante de Hugo.

— E aqui?

Apontava o assoalho.

— Não se morre aqui também?

Ela se preocupava. Iniciara um treinamento de coragem, mas tinha de admitir a lentidão dos progressos.

— É diferente, Hugo.

— Ah, isso é. Muito mais belo, morrer lá em cima, do que carregar a morte nas costas ou compartilhar uma cama com ela, durante meses.

— Não despencando lá de cima. Que horror! Só se caísse no mar. Ele é tão belo e refrescante. Mas a gente não pode escolher, pode?

— Saint-Exupéry escolheu. Ele sempre afirmava: 'Um dia cairei em cruz no Mediterrâneo.'

Hugo apertava-a com carinho e prosseguiam dançando.

— Se o avião despenca, belezinha, a alma da gente sobe mais rápido, Deus está ali nos aparando. E Saint-Exupéry à nossa espera, para nos contar as coisas que não chegou a escrever.

Ela devorava os livros de Saint-Exupéry, para mais se aproximar de Hugo.

A aeromoça trouxe o café. A noite, do lado de fora, só um quadradinho escuro, emoldurado pela janela. O ruído monótono do jato, e a impressão de que voavam lentamente.

— *Ainda dirigirei um jato!*

— *O que é isso?*

— *Você precisa entender de aviões, belezinha. Mulher de aviador não pode ignorar essas coisas. Jato é a maior das invenções, um negócio!*

— *Você me assusta.*

— *Se soubesse o que está para acontecer...*

— *Loucuras novas?*

Hugo e seus gestos rápidos, eufóricos:

— *Astronaves! Astronautas alunissando!*

Ela e sua expressão de surpresa, e também de admiração.

Ele continuava, o rosto aberto num sorriso de entusiasmo, e o brilho da conquista nos olhos pardos:

— *Já pensou? O homem irá à lua! Caminhará na lua! Vai fazer misérias na lua!*

— *Coitada da lua...*

Mas Hugo nem escutou-a, pois já estava em órbita.

Apontando o céu, onde a lua pálida talvez tivesse escutado e compreendido, anunciou:

— *Não é fabuloso pensar que algum dia nós a conquistaremos?*

E ele comentara sobre o apelido de Saint-Exupéry, 'Belisca a lua'.

— *Tinha os olhos espertos, uma expressão de doçura, e o nariz curiosamente arrebitado...*

— *Bonito?*

— *Corajoso!*

Por que tudo tem que ter um fim?

Ela não se lembrava nem mesmo de como havia começado o fim, entre os dois. Simplesmente fora acontecendo aos poucos.

Nunca mais reencontrara Hugo. Conhecera outros rapazes com o mesmo jeito dele. Namorou-os, mas inconscientemente estava renamorando Hugo. Sem aviõezinhos de papel e sua mania de voar.

As pessoas amadurecem, envelhecem, embora em muitas delas a alma continue adolescente.

Que horas seriam? Talvez houvesse cochilado, continuando em sonho as divagações.

Ergueu com cuidado a cortina da janelinha. A lua, uma rodela de acrílico solta na escuridão infinita, seria sempre um enigma. Atingida, desvirginizada, mas conservando indescobertos seus maiores segredos. O avião devia parecer-lhe um pássaro audacioso.

Alimentados, alguns atentos à sessão de cinema, outros já adormecidos, os passageiros não pareciam preocupados em decifrar os mistérios da noite. Ela, sim, gostaria de fazê-lo. Sentia-se ansiosa no seu vôo noturno.

A memória pode ser um baú de recordações, muitas consideradas inúteis. Mas quando revolvidas, aquecidas, readquirem a antiga importância, e tornam-se novas.

Ela viu Hugo, instalado em sua imaginação, sentado na cadeira do piloto, e diante dele todos aqueles incríveis botões formando o painel de comando. Seguro, risonho e protetor. Mas de repente também viu a expressão de dúvida e apreensão apagar-lhe o sorriso, transformando-se pouco depois em angústia contida. Algo saíra fora do comando e ele lutava para restaurar a segurança e a paz.

Tudo aconteceu rápido demais, um imprevisto que estivera de sobreaviso em sua mente há tantos anos.

A lua não se espantou. Observava, sentinela imperturbável, o pássaro ferido lutar desesperadamente pelo equilíbrio no espaço.

Ah, Hugo!... As descobertas, as conquistas que você anunciava com tamanha certeza e um entusiasmo tão grande, você jamais chegará a conhecer...

Enquanto ela tentava restaurar a calma, a cabeça lhe pendeu no peito, e a mecha de cabelo ficou caída na testa igual antigamente, nas festinhas de dança, quando ela queria fazer charme.

Na cabine de comando, o piloto ainda lutou contra o inevitável, as lágrimas nos olhos, o rosto tenso, sabendo que não adiantava mais. Bruscamente, foi expulso da luta e um sentimento de paz tomou conta do seu espírito.

Dois pensamentos cruzaram-se antes da descida vertiginosa e do mergulho do pássaro de metal nas águas escuras do oceano:

Só se caísse no mar. Ele é tão belo e refrescante. Mas a gente não pode escolher, pode?

Saint-Exupéry também caiu em cruz no Mediterrâneo.

Os reflexos no mar, a quietude no céu. A noite e suas alucinações.

Então Hugo veio vindo, muito senhor da festa, e tirou-a mais uma vez para dançar. Sua voz confiante, seu sorriso irresistível:

— Se o avião despenca, belezinha, a alma da gente sobe mais rápido, Deus está ali nos aparando. E Saint-Exupéry à nossa espera, para nos contar as coisas que não chegou a escrever.

Hugo e ela, novamente, e agora eternamente, dançando no espaço...

Você acredita em milagre?

A Oração é uma Força tão real quanto a força da gravidade.

Dr. Alexis Carrel
O Homem, Esse Desconhecido

A primeira vez em que vi Yone, ela dançava alegremente com a vida. E a vida, radiante em tê-la nos braços, iluminava seus olhos risonhos, os cabelos louros, a boca vermelha combinando com o tom do vestido e a flor que o marido lhe colocara atrás da orelha, num gesto de ternura. Na realidade, era com ele mesmo que ela dançava, num entusiasmo de adolescentes.

Eu não os conhecia até aquela noite, quando ouvi o comentário afetuoso de alguém, em nossa mesa, apontando-os:

— Vejam só a Yone e o Oswaldo. Beirando as bodas de ouro, com cinco filhos bem-criados, e ainda sabem namorar!

— Que lindo!

— Que raro!

Estávamos ao redor da mesa coberta de azul, plantada no gramado, abençoados pelo céu de listas verdes, um pequeno céu de lona que afugentara a chuva. A lua nos espreitava por uma brecha, cedendo lugar a uma e outra estrela, casualmente.

A festa, saboreada pelos membros do clube, vestia-se com arranjos tropicais, numa orgia de orquídeas, antúrios e gravatás e enormes cachos e cestas de frutas.

Os garçons serviam camarões gratinados dentro de enormes abacaxis. Gravatas borboletas e saias longas transitavam ao redor da piscina lânguida e fosforescente. Grupos dispersos conversavam entre risos.

Apesar dos imperativos sons da orquestra comandando os dançarinos e exigindo destes uma forma de expressão mais intensa e liberta, ainda conseguíamos conversar.

Aliás, passeávamos pela região dos anjos, num vôo metafísico de nossas mentes ansiosas, e o contínuo farfalhar dos ramos dos coqueiros, soando como longas asas inquietas, constituía a conspiração inspiradora.

— Existirão, mesmo, os anjos?

A pergunta, enunciada em voz grave pelo homem com cara de querubim, os seus olhinhos redondos mergulhados no conteúdo do copo, como se a resposta certa pudesse emergir do vinho.

— É claro que os anjos existem. São luminosos e bons, seu encanto é nos proteger.

Yone, ela própria podia ser um anjo, toda suave, no vestido rosa-pálido, maquiagem leve, cabelos claros puxados para trás e um olhar meigo encimando o sorriso frágil.

— E os anjos maus que se insurgiram contra Deus?

Há sempre alguém que adore contestar. É válido e agita a conversa. Nada esmorece mais o assunto do que uma concordância total.

Uma voz na ponta da mesa:

— Fofoca. Não existem anjos maus. Se houve a tal da insurreição, já aconteceu uma bela reconciliação...

— Hei, Willy! Você podia usar esta frase na sua próxima composição!

— Não uso plágios em minhas composições.

Willy fez uma careta.

— Então, fica estabelecido. Anjos existem. E nos abrigam sob as suas belas asas brancas.

— Por que sempre brancas? Por que não pretas?

A música invadiu o silêncio súbito, logo se evadindo em respeito à opinião sábia do professor, traços afilados e voz polida.

— Porque a nossa tendência é sempre projetar a cultura branca, tentando valorizá-la em detrimento das outras.

— Em linguagem mais simples, meu querido, isto quer dizer...

— Antropocentrismo cultural branco.

A risadinha inocente da mulher quase fatal, numa voz fina e infantil, fugindo da frase que não compreendera:

— Sou vidrada naquela imagem do anjo da guarda salvando a criança à beira do abismo...

O companheiro, bigodes grisalhos e sorriso paternal, colocou-lhe a mão no ombro. Instintivamente, afeto e posse.

— A gente cresce e cai.

Acrescentou, acariciando o ombro da companheira:

— Se não se tem um eficiente anjo da guarda.

Ela deu outra risadinha, desta vez nervosa, enquanto colocava o cigarro na longa piteira.

Da outra ponta da mesa:

— Já vi a imagem de uma Virgem preta.

— Querida, não teria sido São Benedito? Talvez você tivesse confundido.

Dos risos, emergiu o suspiro entre os babados esvoaçantes que debruavam um farto decote:

— Devem existir anjos pretos, peles-vermelhas e amarelos de olhinhos puxados.

Abriu o estojinho de pó-de-arroz, para verificar no espelho a quantas ia a sua própria pele.

Então, a mesma pessoa que nos apontara Yone e Oswaldo dançando afirmou com a voz muito segura:

— Tupyara é anjo índio.

— Um anjo brasileiro.

De novo a música preencheu o instante calado. Era um samba, sacudindo corpos e almas. Yone dançava. Porém eu ainda não sabia a sua estória.

— Tupyara é um anjo-índio brasileiro, muito milagroso.

A lua continuava espionando a festa. Uma repentina lufada de vento sacudiu o toldo.

— Vocês acreditam em milagre?

Todos precisavam acreditar com urgência, porque afinal é a fé que alimenta a esperança e os milagres dão sentido à vida.

De novo ele apontou a pista de dança.

— Estão vendo aquela mulher de vermelho, de que lhes falei há pouco?

— De namoro com o marido?

— Ela deve estar amando. Só alguém amando muito consegue fabricar tanta alegria.

— Yone ama a Vida.

— Afinal, quem é Yone?

Ficamos olhando-a, destacando-a entre os demais, a mulher de vermelho abraçada ao companheiro, os dois parecendo incrivelmente jovens, seu entusiasmo saudável, o riso sincero, a incansável expressão de movimento consumida pelos corpos rijos, como se ambos tivessem sido repentina e inexplicavelmente salvos e aquela dança fosse um ritual de agradecimento.

— Yone é a confirmação do milagre.

Nossos olhos cercavam o casal com tanta intensidade que, talvez nos pressentindo, eles pararam de dançar. Nenhuma sombra de cansaço nos rostos felizes. Comentaram alegremente qualquer coisa, deram-se as mãos e vieram caminhando pelo gramado.

— Por que, milagre?

— Há poucos anos ela estava condenada. Morrendo. De repente, um milagre.

— Fantástico.

— Por quem ela foi salva?

— Pela fé.

— O amor à vida?

— Deus, através do anjo-índio Tupyara...

Eles dois pararam diante da nossa mesa. Houve uma pequena agitação, os homens se levantaram, troca de cumprimentos e muita curiosidade.

Gostei de Yone e Oswaldo à primeira vista, mesmo antes de saber sobre o milagre que a salvara.

Hoje, muito amigas, nos perguntamos se não estivera programado para nascermos irmãs, algum descuido tendo nos mantido afastadas, para enfim nos encontrarmos naquela noite de anjos e milagres.

Sempre tive vontade de escrever a sua estória, à qual dedico um grande respeito. Pedi-lhe que me fizesse um relato, uma carta, e argumentei o bem que isto poderá fazer, especialmente aos céticos. No seu negativismo aparente, quase todos estão angustiadamente ansiosos para acreditar em algo que os redima e os gratifique.

Hoje, recebi a carta:

Rio, 9 de janeiro de 1981

Minha querida,

Só você conseguiu me fazer escrever acerca dos fatos, cuja recordação ainda me é muito penosa, pois até hoje, quando deles me recordo, fico um pouco assustada, apesar da certeza que tenho de ter sido curada pela Graça de Deus, por intermédio das maravilhosas Entidades que se dão a conhecer, como o Índio Tupyara, Frei Rogério, o Dr. Bezerra de Menezes e a Legião de Médicos Desencarnados.

No dia 9 de janeiro de 1974, exatamente há sete anos, após exaustivos exames de laboratório, raios X, etc., o meu peso reduzido em 4 quilos, me internei para fazer uma operação, aparentemente muito rápida. Do lado direito, perto da vesícula, aparecera um enorme tumor e o resultado dos exames fora conclusivo: vesícula hídrica. Opera, ou morre.

Depois da operação, que durou três horas e meia, feita pelo Professor..., excelente cirurgião, Oswaldo foi informado de que além da vesícula, cheia de pedras e dilatada, havia sido retirado um terço do fígado, que estava todo tomado por um tumor que a biópsia identificara como câncer. Eu tinha, no máximo, três meses de vida!

Fui encaminhada, então ao Professor..., renomado especialista, que talvez conseguisse prolongar a minha vida. Eu me apegava a uma gran-

de esperança. Fui submetida ao tratamento quimioterápico que, conquanto me tenha feito bem, inicialmente, ao fim de cinco meses foi suspenso, porque o meu estado geral piorava sensivelmente. Fui para casa esperar a morte, dormindo noite e dia.

Além da icterícia muscular, eu ficara com as pernas e os braços trêmulos, impedida de andar desamparada e de me alimentar sozinha. Os exames de sangue indicaram uma piora tal que levou o especialista a aconselhar a substituição de todo o meu sangue.

— Mas como? — disse Oswaldo —, se ela não tem mais resistência nas veias?

— Vamos encontrar uma solução.

No caso de não surtir efeito, deveria eu me submeter a nova operação, para desentupir o colédoco, que estaria sendo comprimido pelas massas tumorais. Saí em prantos do consultório e pedi ao Oswaldo que suspendesse o tratamento. Embora amando profundamente minha família e querendo desesperadamente viver, eu me sentia exausta e preferia me entregar a Deus. Ele, na Sua Infinita Misericórdia, é Quem decidiria.

Foram dias de sofrimento e uma terrível angústia. Apesar de muito fraca, eu ainda conseguia rezar, pedindo a Deus que prolongasse a minha Vida porque havia tanto ainda a fazer! Se fosse para o meu próprio bem, que Ele me concedesse esta Graça. Eu queria viver!

Então minha prima Irene Mendonça Rocha veio me visitar, e ela perguntou se eu consentiria numa operação fluídica. Era mais uma tentativa e eu, enfraquecida porém cheia de fé, consenti. Minha família me apoiou.

A operação espírita veio prescrita numa papeleta do Templo Tupyara, explicando tudo. Na data e hora marcadas, eu me vesti com uma camisola branca, a roupa de cama toda branca e a luz reduzida no quarto. Sobre a mesa-de-cabeceira, forrada de branco, uma garrafa com água filtrada e meio copo d'água para ser tomado dez minutos antes da hora marcada. Isto foi às onze horas da noite. Após destampar a garrafa, tínhamos de entrar em preces. Na sala, meu marido, meus filhos e pessoas da família e amigos se reuniram numa forte corrente de orações. Quando, vinte minutos após, terminou a operação, Oswaldo entrou no quarto e teve a feliz idéia de pedir-me para estender o braço. Verificamos que eu não tremia mais! Desejando ir ao banheiro, dispensei seu amparo, tão firme eu me sentia ao andar! Tive de fazer três curativos semanais. Fui melhorando, engordando e desapareceu toda a icterícia. Submeti-me a mais três operações fluídicas e fui examinada, tanto pelo médico que me operou quanto pelo especialista e por outros médicos que me haviam assistido após o início do tratamento fluídico. Tanto os exames de sangue quanto os exames físicos a que me submeteram os levaram à mesma conclusão: eu estava clinicamente curada!

Minha querida, você queria com detalhes a minha estória. É uma estória muito simples, aqui está. Já faz sete anos. Sete anos durante os quais alteramos em alguns pontos a nossa maneira de viver. Desenvolvi a minha mediunidade. Dedico-me à caridade, trabalhando nas sessões de operação, no Templo Espírita Tupyara. Oswaldo adquiriu equipamento especial e dedica-se às pesquisas no campo da parapsicologia, com fins filantrópicos. Procuramos espalhar a caridade. Somos mais felizes do que antes, porque hoje pensamos mais naqueles que precisam de ajuda. Deus é maravilhoso! Concedeu-me a Graça de mais uma oportunidade. Não só a mim. Sabemos de inumeráveis milagres. Espero que os privilegiados estejam aproveitando o Dom da Vida.

Sua amiga, com todo o carinho.

Yone

Esta carta, que tanto me emocionou, é uma prece de gratidão ao Deus de todas as religiões, pela graça que Yone recebeu. Ela acredita que o milagroso prolongamento de sua vida esteja firmemente ligado à sua nova missão: dedicar maior tempo à caridade.

— Nossa vida é um caminho que não tem retorno. O que fazemos, o que dizemos, fica. Por isso é preciso nos acautelarmos antes de falar ou fazer, para que seja sempre o certo. A caridade pode ser apenas uma palavra, uma frase...

No seu relato, os médicos que a trataram são mencionados, mas preferi omiti-los. São mestres renomados, que guardam no espírito uma indizível surpresa pela cura que julgaram impossível.

Conversei com um deles. Relembrei Yone, a sua coragem e a lição de fé que ela representa. Ele contou-me então tudo o que eu já sabia. A princípio cauteloso, depois entusiasmado. Confessou-me a sua perplexidade, aceitando a existência de *Algo* inexplicável, inentendível, que só pode ser sustentado por uma fé profunda.

Então, ousei perguntar-lhe, recebendo como resposta um sorriso enigmático e um olhar pensativo:

— Você acredita em milagre?

Até daqui a um século

> *La Fée, à la Lumière qui regarde rêveusement les débris de sa lampe:*
> *— Et toi, la Lumière, qu'en dis-tu?...*
> *La Lumière:*
> *— J'accompagnerai les enfants...*
>
> Maurice Maeterlinck
> *L'Oiseau Bleu*

Em Yeovil, eles tomaram um chocolate quente e espumante num lugarzinho acolhedor, recendendo a *scones* feitos na hora e realçado pelas canecas de estanho, dependuradas na parede rústica.

Os que ali se encontravam, muito agasalhados, faces rubras e olhos límpidos, com delicadeza pretenderam não notá-los. E os dois, afinal, eram turistas a olho nu, desses que se agitam febrilmente, alterando a rotina de qualquer paisagem.

Ele esticou o mapa sobre a mesa e ela ouvia, atenta, as explicações sobre o prosseguimento da viagem.

Cada ano, a primavera querendo chegar, e eles já chegavam. As malas quase vazias — para voltarem cheias —, a máquina fotográfica, a caixa de remédios completa — assim completa voltaria —, como se não existisse uma Boots em cada canto de cidade inglesa... As listas, as encomendas, os planos. E o mapa, cada vez mais usado.

Após uma semana trepidante em Londres, atualizando teatros, revisitando museus, lojas e restaurantes, passeando de mãos dadas nos parques, alugavam um carro e disparavam ao encontro dos Condados. O campo e seus encantos feitos de tradição, poesia e simplicidade, os acolhia retribuindo o entusiasmo.

Sem fazer a reserva prévia de quarto ou apartamento, iam descobrindo mansões transformadas em hotéis campestres e estalagens antiqüíssimas.

Ela insistia que parassem em cada loja de antiguidades e ele aproveitava para procurar as marcas de fumo favoritas na tabacaria mais próxima.

Certa vez, à porta daquele hotel que dois séculos antes fora o palácio de um arcebispo:

— Vamos ficar neste hotel mesmo, querido. Tem que haver lugar. Olha só os tijolos vermelhos cobertos de hera... Tem de haver um apartamento vago à nossa espera. Veja se arranja unzinho dando para o castelo, tá?

Ele conseguira, pagando mais algumas libras. Pelo jeito, o apartamento que ocuparam devia ter sido o próprio quarto do arcebispo.

Ela poderia viver sem alguns requisitos considerados indispensáveis pela sociedade de consumo. Jamais sem romance.

Haviam pernoitado certa ocasião num centenário hotel em Tintagel, na Cornualha. Edifício sólido, castelo erguido no alto de um penhasco, conhecera o apogeu numa época tão distante quanto a sua localização.

Ainda conservava a antiga dignidade, embora se mostrasse penosamente solitário.

Estavam em plenos domínios do Rei Arthur e só restavam ruínas.

— Amo estas ruínas lendárias. Já pensou se recuássemos no tempo de ver tudo isto de pé, em pleno apogeu?

A lâmpada descia do teto alto sobre a cama, era acesa ou apagada pela pessoa já deitada. E, assim mesmo, algo devia ter sido adaptado, fazendo prevalecer a modernidade. Falara-se em fantasmas, contudo nenhum apareceu.

Intervalavam para melhor saborearem os ambientes. Se ficavam duas noites num castelo transformado em hotel, criados de *libré* e campo de golfe particular, a antiga capela convertida em salão de chá e cinema à noite, escolhiam na vez seguinte a estalagem de encanto simples, de preferência com o teto de colmos, lareira de achas crepitantes e cama de dossel.

Aquela vez, no The Angels, em Bury Saint Edmunds, cujo nome já revelava uma cidadezinha especial.

— Me sinto como Henrique VIII.

E o marido caíra de costas naquela imensidão de cama, dossel, cortina e tudo. Um monumento.

— Você não poderia invocar uma personagem histórica menos sanguinária?

— Com ele, se a mulher não se comportasse, já sabe...

E fizera o gesto com o dedo, riscando o pescoço. Começaram a rir.

— Meu bem, quer ligar a televisão e verificar em que canal estão irradiando o jogo?

Ela suspirara.

— Isto é que desmorona a graça. Eles nos enlevam com sonhos do passado e colocam no nariz da gente uma televisão a cores...

— Quando acabar o jogo, desligamos o presente e voltamos aos velhos bons tempos.

— Sabe por que o bar deste hotel se chama Charles Dickens?

— Com certeza ele tomou ali algum pileque histórico.

Ela dera ao quarto uma olhada vagarosa, abrangente, como se estivesse num museu.

— Ele esteve hospedado aqui.

Apontara o chão, sorrindo, como se ela própria tivesse sido a anfitriã do escritor.

— E como este é o melhor apartamento do hotel, não duvido de que ele tenha dormido neste quarto...

E ela acrescentara:

— ...E nesta cama.

Apontando o leito que representara o máximo do requinte numa época remota, o sorriso enlevado pela idéia de pernoitar com a lembrança de Charles Dickens.

O marido fitara-a, surpreso:

— E como é que você adivinhou tudo isto, se nós chegamos há menos de uma hora?

— Ah, não perder tempo é o meu lema. Enquanto você preenchia formulários, fui espiando os folhetos no balcão, informações sobre a cidade e etcéteras. Este hotel está imortalizado nas páginas do *The Pickwick Papers*. Isto é simplesmente o máximo. Vou reler Charles Dickens todinho...

Aquela noite em Bath, que susto, o Festival abocanhara as acomodações disponíveis em todos os hotéis e estalagens da cidade.

— Receio que seremos obrigados a dormir no carro, meu bem.

— O quê? Minha coluna vai chiar e não consigo dormir sem tomar banho.

Ele apontara em direção aos Banhos Públicos, remanescentes da histórica ocupação romana, hoje museu aberto aos visitantes.

— Sempre se dá um jeitinho...

E de repente, num passe de mágica, estavam instalados num apartamento todo forrado de tecido azul e rosa, com falanges de cupidos risonhos apontando as suas setas e guirlandas de florezinhas flutuantes. Nas paredes, na colcha, nas cortinas e no forro das poltronas. Uma invasão de anjinhos sorridentes e matreiros.

Suspenso na parede, um anjo dourado segurava a lâmpada contornada pelos pingentes de cristal.

Ela achara tudo profundamente romântico. Aquele apartamento era um convite ao amor.

Ele, após algumas cabeçadas no anjo, provocando um tilintar musical, acabara se refugiando sob a colcha estampada de cupidos.

Sonhadora, reparando em cada detalhe:

— Você não acha este lugarzinho uma graça?

— Lugarzinho? Com esta diária? Isto é um lugarzão!

— Você nunca reclamou dos preços.

— Meu bem, não há dinheiro que pague a sorte que tivemos, encontrando isto aqui. Agora, que é puxado, é.

Após alguns minutos, pensativa, ela sentara-se na beira da cama, afundando. Talvez aquele fosse um dos inacreditáveis colchões d'água...

— Sabe o que estou achando?

— Que aqui era uma igreja e se esqueceram de tirar os anjos?

Ele fulminara com os olhos a figura dourada e gorducha que segurava a lâmpada e os pingentes.

— Não. Algo mais sutil.

— Hum...

Ambos haviam inspecionado o quarto com olhares de quem se dispõe a descobrir sutilezas.

A voz dela, num tom muito propício a segredos:

— Isto aqui tem jeito de ser hotel de alta rotatividade. Já reparou na quantidade de cupidos subindo pelas paredes? Até no banheiro...

— Então, querida, não desapontemos os cupidos...

Ainda estavam em Yeovil, debruçados sobre o mapa. Beberam mais uma taça de chocolate fumegante, fazendo novos planos. Yeovil seria definitivamente uma lembrança de bem-estar e conforto.

Dobraram o mapa e reiniciaram a viagem.

— Que tal pernoitarmos naquele hotelzinho anunciado no cartaz?

Ele diminuiu a marcha. Plantado à margem da estrada, a tabuleta com a reprodução colorida de uma casa antiga.

— Que bonitinha! Fica longe?

— Não, faltam apenas algumas milhas. Fica em Yarcombe.

Ela bocejou, satisfeita. Tão bom alguém tomando decisões pelos dois e tendo a delicadeza de consultá-la.

— Gostaria de dormir num lugar onde acontecessem coisas.

— Que tipo de coisas?

— Incríveis. Inexplicáveis.

— Hum... Esta coragem toda é sob a luz do sol. Quero escutá-la dizendo isto numa noite gélida, os ventos uivando... que nem naquele romance das irmãs Brontë... Emily ou Charlotte?

— Emily. O *Morro dos Ventos Uivantes*.

Riram e prosseguiram.

Na virada da curva surgiu a nova paisagem, lindamente tranqüila, espalhando tons-sobre-tons de verde.

A verdejância, sob a luz difusa, produzia na alma um efeito só comparável à própria esperança.

O gado, senhor dos campos, contemplava sem ambição e com enormes olhos melosos o pedaço de mundo que lhe fora reservado.

Yarcombe veio ao encontro deles, singela, pequenina, o vilarejo de que falam muitas estórias da velha Inglaterra.

O hotelzinho erguia-se à esquerda. A miniagência de correios, vazia, não parecia desolada. O punhado de casinhas, balcões com flores nos parapeitos e as espessas camadas de colmo nos telhados. Do outro lado da estrada, a estalagem exibia sua longevidade. A igreja de pedra, com a torre normanda e o relógio de ponteiros e números dourados, vira nascer o vilarejo. O pequeno cemitério situado em seu jardim orgulhava-se das velhas lajes, a maior parte já corroída pelo tempo. As inscrições, quase apagadas, ainda desafiavam o futuro com seus dizeres antigos.

Ciprestes austeros velavam a paz das sepulturas com seus românticos epitáfios.

Ele parou o carro e desceu. Foi saber se havia lugar no hotel.

A casa, embora pequena, era uma sólida construção de pedra. Ela subiu o olhar pelas trepadeiras das rosas que só viriam em junho e deteve-o numa das janelas laterais do sobrado.

Viu dois rostos risonhos de criança, grudados na vidraça. Acenou-lhes e elas sorriram.

O marido já voltava, animado, o polegar para cima, na velha senha, avisando haver lugar.

Ela procurou com os olhos o menino de franja na testa e a menina com rostinho de boneca. Não estavam mais lá. Presumiu que alguém os chamara ou então estariam descendo, curiosos. Eles, porém, não tornaram a aparecer.

O dono do hotel, paletó de *tweed* e gravata de lã escocesa, jovialmente ajudou-os a carregarem as malas. Sem alterar sua elegância britânica, permitia-se acumular as funções de carregador, gerente e *barman*.

Havia apenas cinco apartamentozinhos. Ficaram no nº 5, o último disponível. Ela percebeu ter sido daquela janela que as crianças lhe haviam espreitado e sorrido. Onde estariam?

Parecia uma casa de bonecas. O papel de parede com motivos floridos combinava alegremente com as colchas. Móveis laqueados de branco. Estantes de livros formando as cabeceiras das camas. Cortininhas estampadas. E um banheiro minúsculo e colorido.

Ela abriu a janela e aspirou a primavera. A igrejinha e sua torre, o cemitério, os telhados de colmos pareciam muito ao seu alcance.

Os campos se estendiam, parados, e o gado neles se integrava, formando uma cena pictórica.

— Que paz...

Fecharam a vidraça, fugindo do frio.

Lavaram-se e desceram admirando as gravuras que acompanhavam, nas paredes, os degraus de madeira, forrados de passadeira verde-escura.

No bar, foram recebidos com o coquetel da casa, uma química deliciosa, que não conseguiram decifrar.

Havia só um casal idoso e ainda espigado. Apresentaram-se. O velho tinha sido Chefe de Polícia no Quênia durante trinta anos, e fazia disto o seu assunto. Após a aposentadoria fixara residência em Bristol e agora andava turistando com a mulher pelos Condados. Trazia uma pérola barroca presa à gravata e o nariz farejador era encimado pelos olhinhos espertos de quem já fora autoridade. A mulher usava um curioso broche de esmalte na gola do vestido castanho.

Logo chegaram dois outros hóspedes, também vestidos formalmente. Novas apresentações. Eram médicos. Falavam pouco, mas conseguiam ser simpáticos.

O bar ficava num canto da sala de refeições. O ambiente, decorado com aconchego e bom gosto, afugentava a impessoalidade dos hotéis. Móveis antigos feitos à mão, de madeira clara. Almofadas de algodão lustroso em cores de outono. Quadros bons. E um bonito armário aberto, expondo coleção de porcelanas que talvez fosse valiosa.

Música barroca no ar, misturando-se ao perfume de flores silvestres e ao aroma irresistível de um tempero bem-feito.

Escolheram a mesa perto da janela e do outro lado já era noite. A garçonete, movendo as belas pernas metidas em meias finas, aproximou-se com o cardápio escrito à mão.

Ao consomê de tomate-e-laranja, seguiu-se o linguado ao vinho branco, servido com aspargos e ameixas. As costeletas de carneiro vieram acompanhadas de cogumelos enormes. Havia ainda couve-flor, ervilhas frescas e batatas da Cornualha.

O vinho da casa, excelente.

A garçonete, um sorriso tão suave quanto a cor dos lábios, anotava o pedido e dirigia-se ao retângulo de madeira, disposto estrategicamente na parede próxima ao bar. Apertava o botão. A portinhola se abria, a encomenda desaparecia e pouco depois surgiam as travessas fumegantes, decoradas com arte.

— Onde estarão as crianças?

— Que crianças?

— Duas me sorriram através das vidraças do nosso quarto, quando chegamos.

— Vai ver, estão no celeiro. Criança do campo adora brincar no celeiro. Aqui deve ter um.

— Serão hóspedes?

— Ou filhos dos donos. Por que tanto interesse?

— Elas pareciam interessadas em mim.

— É que somos novidade.

Riram baixinho, à chegada da sensacional torta de maçã e da gloriosa *mousse* de chocolate, dispostas em holocausto diante deles.

— Estou doida para subir e dar uma olhada naqueles livros do nosso quarto.

— Meu bem, você não vai ficar lendo até tarde, vai? Lembre-se do nosso golfe em Dorset, amanhã.

— Nem sei ainda que tipo de literatura vou encontrar.

— É, mas você devora tudo o que vê impresso.

— Achei muito inteligente da parte deles colocarem livros bem ao alcance da gente. Em geral só colocam a Bíblia.

— Se tiverem se esquecido da Bíblia, reclamarei por escrito.

Ele sorria, entre goles de café quentíssimo servido com creme do Devonshire.

O proprietário parecia preocupado. Mas não deixou de oferecer os licores. Sua atenção, claramente, se dirigia aos dois homens que haviam sido apresentados como médicos.

No primeiro andar, logo no topo da escada, a salinha de estar convidava.

Ela avisou que ficaria ali o tempo de sentir o ambiente, e ele foi para o quarto. A escrivaninha no estilo Sheraton e as duas poltronas de orelha, forradas com linho estampado. A pequena mesa de café, e os enfeites de cobre sobre o mármore da lareira. Gravuras antigas nas paredes claras. Ambiente aconchegante e gracioso, preparado para conversas de fins de noite, a luz da lâmpada de opalina azul suavizando cada detalhe.

Uma agradável sensação de bem-estar apoderou-se dela. Chegou a sentar-se numa cadeira de palhinha, a fim de melhor saborear o ambiente.

Ouviu, de súbito, uma voz abafada. Depois outra, fina e nervosa. As crianças tinham voltado, mas não as via. Estariam escondidas atrás do reposteiro? Resolveu pregar-lhes um susto, isso faria parte da brincadeira. Foi de mansinho, espiou atrás das pesadas cortinas. A sala retornou ao silêncio anterior, a luz estremeceu na lâmpada de opalina. E as crianças não estavam ali.

Nada aconteceu. Lembrou-se de que o marido a esperava, e voltou ao apartamento.

Refez a ordem que a invasão das malas havia roubado ao quarto. Ele, já de pijama, remexia no estojo de toalete.

— Gostou da salinha?

— Um encanto.

Tentava disfarçar o desapontamento causado pela fuga das crianças. Deu uma última espiada pela janela, antes de correr a cortina.

A noite, lá fora, fria e desolada, vagava na paisagem solitária. Não se podia ver muito, era mais fácil imaginar.

À palidez de um lampião distante, se destacavam a torre da igreja e seu relógio implacável, marcando o tempo. Os ciprestes tristonhos se erguiam no cemitério, velando os mortos. E as sombras de um denso arvoredo...

E então, conduzida pelo pensamento, ela voltou ao Bosque de sua infância, onde costumava caminhar sobre as folhas secas que faziam tapete no chão das aléias. Sorvendo em doses profundas o cheiro forte das árvores e da terra, ia traduzindo as mensagens dos pássaros, o vôo das borboletas, o colorido das flores, o cochicho dos insetos e o grito das cigarras.

E aquela Árvore tão antiga quanto a infância de Bisavô, mais antiga até, quem sabe havia crescido antes das outras árvores? Ele lhe havia contado estórias lindas de fadas e duendes que se ocultavam entre os galhos e as ramagens da copa frondosa e as raízes retorcidas e salientes. Ensinou-a a se esconder dentro da fenda larga no tronco riscado de veios, igual ele fazia quando era menino e magrinho. E os 'Oh!' e 'Ah!' que ela gritava lá dentro se espalhavam em múltiplos ecos pelo Bosque, chamando os seres fantásticos que talvez só existissem em sua imaginação e na de Bisavô, mas que lhes acenavam amigavelmente quando a névoa os envolvia, transparente.

— O Pássaro Azul existe mesmo, Bisavô?

— Existe, mas é preciso coragem e persistência em procurá-lo.

— E ele traz a felicidade?

— Ele é a felicidade.

O Pássaro Azul se escondera um dia no Bosque da estória de Maeterlinck. E ela já o havia encontrado em seu próprio Bosque, pousado num dos galhos da velha grande Árvore, e depois ele pousara em seu ombro, como se ela fosse também uma árvore. Cantando, cantando, suas asas tinham se misturado aos seus cabelos.

E quando Bisavô morreu, com quase cem anos mas ainda lúcido, ela tentara fugir da tristeza que a açoitava, correndo ao Bosque, entrando mais uma vez no abraço da velha Árvore que a acolhera em seu refúgio centenário.

— Bisavô! Você está me escutando? Você pode me ver?

E a idéia súbita, absurda e linda: ela podia até morrer, mas jamais se extinguir. A força do seu querer certamente a transformaria no espírito daquela Árvore.

— O impossível acontece pela mágica de uma profunda vontade. É o que se chama fé.

Bisavô acreditava. Para ele, as coisas impossíveis seriam sempre flexíveis, mutáveis, podiam se transformar em mil possibilidades.

Reconduzida bruscamente ao presente, ela deu um longo suspiro e murmurou:

— Saudades da eternidade...

— Saudades de quem, querida?

A boca espumando pasta dentifrícia, escova de dentes em punho, o marido surgiu ansioso à porta do banheiro.

Ela fez-lhe um sinal e disse:

— Vem cá, me conta o que você sente.

Ele espiou através da vidraça, e depois cuspiu, bochechou, e disse:

— Não me diga que você está com medo.

— Não. É algo mais refinado. Se não fosse tão refinado eu chamaria de 'coisa esquisita'. Então decidi serem 'saudades da eternidade'.

— Acho que você bebeu o vinho além da conta.

E ela reagiu, como ele previra:

— Você sabe muito bem que só bebi um cálice.

— Quem bebe pouco daquela delícia de vinho só pode ficar mesmo com saudades de alguma coisa.

E eles tornaram a rir.

Um movimento lá fora, no portal da igrejinha, interrompeu a continuidade da paisagem estática. Ela fixou bem os olhos, e as viu. As crianças pareciam às voltas com alguma travessura especial, iguais às outras crianças, em qualquer parte do mundo.

Desistiu de espioná-las. Puxou as cortinas floridas, trazendo mais primavera para dentro do quarto. Despiu-se e, sentada na cama quente e macia, começou a inspecionar os livros da estante, na cabeceira.

O marido inclinou-se, beijou-a e, resignado, dirigiu-se para sua cama.

— Uma pena, essas camas separadas. Defeito imperdoável. Antes de você chegar, tentei juntá-las e não consegui. E acrescentou:

— Também dei uma olhada nos livros. São antiqüíssimos. Andei folheando uma edição das *Fábulas* de Esopo do tempo de nossas bisavós.

Apagou a lâmpada de cabeceira, puxou o cobertor e perguntou:

— Saudades de quê, mesmo?

— Saudades da eternidade.

— Parece nome de tango.

Ambos riram, e ele tornou a avisá-la de que uma noite em claro, lendo, prejudicaria o golfe da manhã seguinte. Minutos depois ele já ressonava.

Impressionante como aqueles livros tão antigos se mantinham maravilhosamente bem conservados. Encadernações bonitas, ilustrações feitas com arte. Marcadores de fitas entre as páginas amareladas. Na primeira página, sempre os nomes Jonathan ou Jessica. Ou então os dois nomes, lado a lado. E as datas, variando de 1880 a 1889.

Sentia-se, e isto era profundamente enternecedor, que os livros haviam sido muito amados.

O *Animal-Picture Book* pedia para ser aberto, folheado e apreciado. Fazia emergir, entre as suas lembranças, algum outro livro do tempo de sua própria infância. Aquela entusiasmante sensação, ao entrar pelos portões do Jardim Zoológico. O fato é que algo estremeceu dentro dela. Teve medo que voltassem as 'saudades da eternidade'.

Chegou a invejar a calma com que o marido ressonava, num mundo de sonhos, provavelmente entre tacos e bolas de golfe.

A dedicatória na primeira página do livrinho. Letra feminina, desenhada, com rabiscos denotanto uma personalidade romântica:

Jessica e Jonathan, meus amados. Conservar-se criança é uma esplêndida realização. Criança para sempre, quando as alegrias são maiores e mais completas e o mundo é uma festa. Guardem um pouco das crianças que são hoje para quando forem condenados a adultos.

O amor eterno da

Tia Sarah

Primeiro foi a surpreendente sensação de que ela mesma poderia ter escrito aquela dedicatória. A sensibilidade da Tia Sarah parecia-se com a dela. Depois veio a ternura, que Tia Sarah sentira há cem anos e que ela era capaz de sentir agora.

O ruído no corredor alertou-a. Era uma realidade à sua porta. Abandonou bruscamente as idéias sonhadoras e levantou-se. Na ponta dos pés abriu a porta, de supetão. O curto e estreito corredor, estava apenas meio iluminado pela lanterna suspensa na parede. A luz suave incidia sobre as begônias, no vaso do consolo. Ninguém ali. O silêncio inesperado rapidamente se refizera. Não conseguia atinar onde as crianças teriam tão depressa se escondido, pois estava certa de serem elas. Fechou a porta, voltou ao aconchego da cama. Relendo mais uma vez aquela perturbadora dedicatória, adormeceu.

Livros marchavam, cantando, transpondo décadas festejadas. Incansáveis, não se detinham. Crianças acenavam-lhes e de repente elas já eram adultas. Corriam-lhes ao encalço, mas não os alcançavam. Os livros eram mais rápidos.

Ela acordou subitamente daquele sonho bizarro, com a certeza das crianças a seu lado.

A menina e seu rostinho de boneca. Uma franja ruiva cobria a testa do menino. Ambos sorriam. Dois pares de olhos infinitamente claros e no entanto seria difícil descobrir se verdes ou azuis, porque neles a qualidade essencial era a transparência. As faces rosadas, maçãs do rosto salientes. Sorriam e a olhavam, ansiosos. Como se não tivessem ousado despertá-la, porém contassem com esta possibilidade para se apresentarem.

A lâmpada de cabeceira estava acesa. Ela reparou nas roupas curiosas que as crianças usavam. Como se estivessem preparadas para um baile à fantasia ou alguma encenação num palco.

— Por que fogem tanto?

— Nós não fugimos. Você é que não conseguia. É muito raro alguém nos ver. Agora você conseguiu.

O menino falava com sotaque acentuado e no entanto ela entendia perfeitamente.

— Você estava lendo o nosso livro...

Leve nota de ressentimento na vozinha da menina.

— Jessica, você deveria agradecer-lhe. Ela foi a única pessoa até agora que se interessou pelo nosso livro favorito.

Jessica sorriu.

— Você gostou, não foi? Os animais são muito bonitos. Jonathan e eu gostamos de animais. Muito.

Ela concordou:

— Eu também. Sabe, tive um livro quase igual a este quando era criança.

— Ele existe ainda?

— Todos os livros da minha infância ainda existem e eu os amo.

Brilho de aprovação nos olhos transparentes.

— Você gostou de ser criança?

— Acho que sim... Está tão longe...

Ela recebeu a ternura das crianças, no modo com que a olharam.

— Por que é raro alguém ver vocês? Vivem se escondendo?

Acharam graça. Jonathan respondeu.

— Porque nós não existimos mais.

Se o marido acordasse naquele momento certamente levaria um grande susto. Porém ele dormia, desligado de tudo.

— Não existem?

Ambos pareciam ansiosos em explicar.

— Bem, nós já existimos, há muito tempo. De vez em quando a gente volta. Só nos vê quem acredita que a gente possa voltar.

O menino, bastante precoce para a idade que aparentava, e era evidente ter recebido uma boa educação. A polidez em seu modo de falar, nos gestos e até mesmo na maneira de fitá-la, escutando-a, era bonita de se admirar. Mesmo que nada daquilo contasse, porque ele afirmara não existir.

— Andou lendo a dedicatória da Tia Sarah? Você se impressionou, não foi?

Jonathan era incrível. Seu olhar meigo e inteligente a observava.

— Li. É linda.

— Tia Sarah era linda. De todos os modos. Linda por dentro também, compreende?

— Sim, compreendo. Ela os amava muito, pude sentir naquela dedicatória.

— E nós a amamos muito também. Gostaríamos de reencontrá-la.

— Jonathan, pede à senhora para ler em voz alta, sim?

O menino não precisou pedir.

Ela colocou os óculos e abriu o livro.

— O porquinho de rabinho enrolado é engraçado.

— Psiu, Jessica. Não interrompa.

Ele conseguia ter uma autoridade afetuosa sobre a menina, e esta gostava disto. Fazia-a se sentir dependente e protegida.

— Como é que eu estou interrompendo, se ela ainda nem começou?

— Não vê que está relendo a dedicatória de Tia Sarah?

Ela leu para eles, comentando sobre os animais domésticos, e depois sobre os ferozes.

— Eu sou o urso branco que não sente frio na neve.

O menino falou sério, espremendo os olhos. Apesar da distinção das maneiras e do requinte de sua pessoazinha, definitivamente ele ainda era uma criança.

— Prefiro ser a coruja que enxerga tudo de noite.

— Jessica, a coruja é tristonha porque sabe que é feia.

— Por isso ela ficou tão sábia. Para sair de dentro da tristeza e da feiúra.

— Talvez. Por que você não prefere ser a raposa que é esperta?

— Porque ela mata. Não quero matar ninguém.

— Por que então você não é uma raposa bondosa que não mata?

Jessica olhou-o, ansiosa.

— E pode?

— Lógico que pode. De verdade, mesmo, você é só gente. Ou foi.

— Jonathan, se *eu fui* e *não sou*, o que é que *nós somos*?

O menino respondeu com doçura e firmeza:

— Não *somos*. Apenas *estamos*.

— *Estamos* o quê?

— À espera de uma oportunidade para voltar.

Jessica sacudiu a cabecinha, muito séria, tentando entender.

O diálogo entre eles dois era realmente fascinante.

— Vocês vieram de algum lugar especial?

Jessica sorriu, e os dentinhos eram muito brancos, a dentucinha ameigava-lhe o sorriso.

— A gente veio da Luz, não é, Jonathan? O Jardim Encantado da Luz... Lá nunca escurece...

Jonathan tocou com a mão a cabecinha da irmã, num gesto de proteção e carinho. E disse:

— A Luz tece raios de todas as cores das flores.

Jessica interrompeu-o, excitada:

— É um Jardim tão bonito. Gente grande está encantada nas árvores, sabe? São os espíritos das árvores. E as crianças são os espíritos das flores, não é mesmo, Jonathan? E tem um rio que é o pai da cachoeira e deixa ela brincar de escorrega nas pedras. As borboletas e os pássaros vão conversar de flor em flor e pousam nos galhos das árvores...

Ambos estavam agora com os rostinhos corados, e os seus límpidos olhos cintilavam.

— Eu fazia laços com os raios da Luz e soltava tudo no espaço, para enfeitar as asas dos anjos.

— E havia anjos?

Jessica olhou-a, surpreendida:

— Os anjos também são pessoas *encantadas*.

Jonathan sacudiu a cabeça concordando.

— Saímos das flores à procura da Tia Sarah. Fomos de árvore em árvore, procuramos e chamamos, e ela não nos respondeu.

Ficaram se olhando, talvez com a esperança de que a Tia Sarah os estivesse escutando, e viesse pressurosa ao encontro deles.

— E seus pais?

— Eles morreram quando nós éramos muito pequenos. Foi Tia Sarah quem nos criou.

— Ela fazia bolos de mel e aveia e biscoitos de gengibre.

Jessica passou a língua pelos lábios. Ainda se lembrava do gosto das coisas.

Não podia ser de modo algum real a inexistência afirmada pelas crianças que ali estavam, tangíveis, dialogando, sorrindo. Aquela conversa era irreal. Ela devia estar sonhando. Só a sensação melancólica que acontecia em seu íntimo conseguia ser verdadeira. Ciprestes na alma. Saudades da eternidade.

— E vão ficar assim... para sempre?

— Oh, não. Se não fossem os temores de Jessica, eu já teria nascido. Acontece que ela não quer se separar de mim. Isto torna tudo muito difícil, porque quase ninguém nasce aqui. Não queremos deixar Yarcombe. Fomos tão felizes nesta casa, com Tia Sarah. Talvez um dia ela apareça.

— Vocês estão sempre aqui?

— Sempre. Adoramos este lugar. É pena que as pessoas sejam tolas, tenham medo de fantasmas.

— Jonathan, nós somos mesmo fantasmas?

A menininha perguntou, aflita. É possível que estivesse com medo.

— Não seja tolinha, Jessica. Isto não faz a menor diferença. Fantasmas não podem ter medo de fantasmas.

— Esta era a casa de vocês?

— Era a casa de Tia Sarah. Então, nossa também.

O menino passou o braço pelo ombro da irmã e sorriu.

— E aqui, o nosso quarto. Agora está tudo mudado.

— Eu queria voltar, Jonathan. Nosso quarto está diferente mas eu ainda gosto muito dele.

O irmão beijou-a e ela se sentiu segura.

— Já disse para você ter paciência. Lembra-se da surpresa que lhe prometi?

— Eu adoro surpresas. É muito boa?

— Você acredita em mim?

Jessica e sua alegria desconfiada. Fez que sim, balançando a carinha de boneca.

Ela comprazia-se em escutá-los, admirá-los, como se estivesse numa platéia, atenta à representação que se desenrolava no palco. Aquelas crianças eram especiais ou haviam sido especiais. Um forte magnetismo se desprendia delas, de suas palavras. Atordoadoramente fascinantes.

O menino aprumou-se, prestando muita atenção ao silêncio que se interrompia deslocando sons curtos, abafados e distantes. Agarrou a mãozinha da irmã, dizendo com vivacidade:

— Vamos! É a nossa vez. É a nossa grande esperança!

Ainda jogaram beijos para a amiga recente que tão de súbito abandonavam. Sumiram. A porta continuava fechada.

Perplexa, o livro caído no chão, ela pressentiu mais do que escutou os sons abafados que vinham de algum ponto, provavelmente do andar inferior. Não teve muito tempo para descobrir o que estaria acontecendo no hotelzinho porque submergiu num sono profundo.

A voz do marido soava longe e foi se aproximando, cautelosa. A mão dele tocou-lhe de leve o rosto, no habitual gesto de carinho. Ela abriu os olhos e sentiu imenso alívio ao vê-lo sentado na beirada da cama.

Teria visto e escutado as crianças? Parecia preocupado.

Ele falou em tom de brincadeira:

— Você estava sonhando...

— Gritei? Falei?

— Chamava uma tal de Jessica e um tal de Jonathan, dizendo que agora já sabia onde estava Tia Sarah. Quem é essa gente, querida?

Ela apontou o livro caído no tapete. O marido apanhou-o, fechando-o e recolocando-o na estante.

— Você fica lendo até tarde, é nisso que dá.

Beijou-a e se meteu sob as cobertas, abraçando-a.

— Afinal, esta caminha não é tão estreita quanto parecia ontem, quando eu estava cansado...

Ao descerem para o café-da-manhã, ambos sentiram, quase que ao mesmo tempo, fluidos novos alvoroçando o ambiente. As pessoas se mantinham na cotidiana normalidade. Era algo entre elas que se interpunha, sobrevoante. O hotel já não abrigava mais o silêncio vigilante da véspera. Vozes indistintas vindas de algum quarto, passos apressados na escada, a porta distante que se fechava.

— Algo parece estar acontecendo aqui. Eu sinto.

Ela falara cutucando o marido e bebericando o suco de fruta enquanto esperavam os ovos com presunto.

— Talvez você tenha razão. É como se estivessem ultimando os preparativos para uma festa.

A garçonete de pernas bonitas metidas em meias finas aproximou-se com o andar de moça da cidade. Não parecia pertencer ao campo.

Serviu o café com a mão um pouco trêmula e seu rosto de lua cheia tornara-se especialmente iluminado.

— A senhorita é daqui mesmo?

— Não, sou de Londres. Estou ajudando minha irmã durante algum tempo.

Susteve o bule no ar, quase ia dizer alguma coisa. O rosto tornara-se mais rosado, no esforço de vencer a timidez. Sorriu e afastou-se, esbarrando nos dois senhores que haviam jantado juntos na véspera e que acabavam de entrar naquele momento.

— Desculpa, Dr. Fairfaix...

Ainda segurando a bandeja, um novo cintilar agitando-lhe o violeta dos olhos:

— Como estão eles?

O mais velho, grisalho nos cabelos e nos bigodes, deu um tapinha afetuoso no ombro da moça.

— Sua irmã está dormindo tranqüilamente. E as crianças continuam ótimas. A senhorita é que precisa descansar. Quase não dormiu esta noite.

— Os senhores foram maravilhosos.

Voltou-se vivamente para o outro, de barba negra.

— A vida dos gêmeos, Dr. Halifax, devemos ao senhor... Nem sei como agradecer...

— Não me agradeça. Tudo correu perfeito. Agradeça a Deus. Jamais vi bebês tão ansiosos para nascerem!

Risos, novas exclamações de gratidão e a jovem continuou com seu entusiasmo e sua bandeja, enquanto os médicos se instalavam à mesa.

O marido sacudiu a torrada, pingando geléia de framboesa no prato:

— Você ouviu? Nasceram gêmeos neste hotel, esta noite.

Ela ouvira, pensativa, os médicos, a tia dos gêmeos, e agora as palavras do marido.

Seu pensamento, com a rapidez de um meteoro, se dirigia às crianças que a haviam visitado de madrugada e delas para os gêmeos que haviam nascido *tão ansiosos* para nascer, segundo as próprias palavras do médico.

A surpresa cultivada por Jonathan e a fidelidade à irmãzinha, que temia ficar separada dele. A grande oportunidade, a grande esperança. O garoto aprumando-se, agarrando a mão de Jessica, os dois atirando-lhe beijos, sumindo. E depois... nascendo juntos. Teria Tia Sarah vindo de Londres para esperá-los, após cem anos? Reparou mais uma vez na jovem cunhada do dono do hotel. Aquela não podia ser a primitiva Tia Sarah. Seria uma coincidência incrível.

Era uma idéia fantástica. Se contasse, talvez ninguém lhe desse crédito.

O dono do hotel entrou na sala. Usava um suéter de lã grossa e o beatificante sorriso de quem recebera uma graça divina. E recebera mesmo. Em dose dupla.

Cumprimentou-os, efusivo.

— Gostaria que soubessem da grande nova. Minha mulher deu à luz um casal de gêmeos, esta madrugada. Nasceram belos e robustos. Estamos imensamente felizes.

A fleuma britânica não resistia à necessidade de demonstrar sua enorme emoção. O timbre da voz tornara-se trêmulo, os olhos úmidos e brilhantes. Foi abraçado pelos hóspedes estrangeiros como se tivesse conseguido fabricar em Yarcombe, Honiton, com a indispensável colaboração da mulher, a mais sensacional criação dos últimos tempos. E talvez fosse, mesmo.

— Vamos chamá-los Jonathan e Jessica. Quando compramos esta casa, vieram junto muitos móveis, objetos e livros antigos. Descobrimos que a maior parte destes são infantis. Devem ter pertencido aos filhos dos primitivos donos. Seus nomes estão marcados em todos os livros. Não foi uma idéia estupenda? Nossos gêmeos já têm, desde agora, o que ler.

Deu uma boa risada, agradeceu efusivamente as congratulações e foi cumprimentar os médicos, ocupados em devorar arenques defumados.

Ela estava simplesmente atônita. Teve ímpetos de contar tudo ao marido, mas preferiu adiar. Ele compreenderia, acreditaria nela, porém o impacto havia sido tão violento, era preciso pensar bastante primeiro, confirmar a si mesma aquela incrível acontecência. E então, comentá-la.

Subiram em busca da bagagem. Ela dirigiu-se à janela e contemplou a manhã luminosa. Até os ciprestes estavam menos lúgubres. O cemitério da igreja, banhado pelo sol de maio, equilibrava a sua placidez com os ponteiros dourados do relógio, no alto da torre. A ronda do tempo, infatigável, estaria ligada para sempre às lajes gravadas com dizeres saudosos, semi-ocultos pelas folhinhas de hera.

Mistérios seriam um amontoado de sonhos?

— Vou acertar a conta. Você vai levar muito tempo arrumando as coisas?

— Quando você subir, já estarei pronta.

Sozinha, colocando os objetos na maleta de toalete, ela voltou a sentir aquilo que chamava de 'saudades da eternidade'. Não se conteve e foi buscar o livro na estante.

O que lhe dissera mesmo o marido, ao comentar o seu sonho? Ela chamando Jessica e Jonathan para dizer-lhes onde estava Tia Sarah.

Onde estaria?

Abriu o livro. Ali estava a Tia Sarah. Naquela dedicatória escrita um século antes. Vivera e registrara a certeza de sua existência.

Seu pensamento foi interrompido pela chegada súbita do marido.

— Querida...

Ela sobressaltou-se como se tivesse sido interrompida num ato proibido. Logo refez-se. Pensar, embora perigoso, sempre seria permitido. Disfarçou, olhando-se no espelho, ajeitando os cabelos. Precisava era dar um jeito na alma.

E ele, entusiasmado:

— O dono não nos cobrou, imagina só! Disse que nós demos sorte e que seremos sempre recebidos aqui como amigos. E ainda ganhei um charuto.

Ela apenas sorriu.

— Querida, estou seriamente preocupado...

Aproximou-se e levantou com carinho o queixo da mulher:

— Preocupado porque você não mencionou ser tudo isto terrivelmente romântico.

— Ora, meu bem, é *tão* romântico que até fiquei sem fala.

— Ah, agora sim... Que tal colocarmos algumas libras num envelope com um cartãozinho de boas-vindas aos gêmeos? Seria gentil e compensaria as despesas que fizemos e o *mister* não quer receber.

— Acho a idéia linda.

— Então já vou descer com as malas. Aqui está o dinheiro. Que tal? Bastante?

Ela concordaria sempre com a generosidade do marido.

Abriu o estojo de correspondência, procurando um cartão e envelope. Depois, relançou um último olhar ao livro de animais que os gêmeos leriam, algum dia. Achariam graça na coincidência de seus nomes revividos?

Após a dedicatória de Tia Sarah, então, ela escreveu:

Jessica e Jonathan, vocês vieram esta madrugada. Juntos. O mundo voltou a ser uma festa! Quem se ama sempre se encontra. Cada encontro, um reencontro.

Yarcombe, Honiton
Maio, 1976

E então chegou-lhe, subindo pelas trepadeiras que desabrochariam rosas em junho, a voz quente e ansiosa do marido.

Era uma voz jovem, próxima, urgente. E no entanto, soava-lhe aos ouvidos como se fosse uma voz distante, voz de saudade, e já houvesse decorrido um século desde que a ouvira pela última vez.

Ele estava com muita pressa de aproveitar o golfe e a vida. E continuava chamando-a:

— Sarah! Sarah!

E ela já estava pronta para ser Sarah, mais uma vez.

A menina

A mulher tem medo do tempo.
O tempo tem medo da menina.

Vilma Guimarães Rosa

Chove miudinho, quase molhando a alma, até que eu sinta no rosto e nos braços nus o contacto úmido das gotas do céu.

A Menina vem vindo. Na calçada estreita, acontecerá o inevitável instante do nosso reencontro.

Dentro do vestidinho de crochê, ela me lembra vagamente alguém, nas esquinas da memória. A franja de cabelos claros e finos talvez oculte uma testa larga. O laçarote pousado na cabeça lembra uma borboleta de cetim. Seu rosto é expressivo. De um verde intenso os grandes olhos perguntantes, sombreados pelos tons da tarde.

Seu olhar me atinge, talvez o meu a tenha atingido também. Cruzamos caminho, os sons de nossos passos se misturam.

Sinto seus olhos cravados nas minhas costas. O irresistível desejo de me virar, chamá-la. Talvez eu tema reconhecê-la definitivamente.

Em casa, os velhos móveis que o tempo tornou quase humanos me recebem com tangível segurança. As cores e as formas ameaçam se libertar dos quadros, e estes não param de contar coisas e coisas, numa comunicação febril e imediata. Os livros atentos, guardando a sabedoria, observam, à espera. A máquina de escrever fiel. Vou ligar a música e reavivar lembranças. Sob os meus passos inquietos, os tapetes submissos.

Furtivos, os velhos fantasmas me espreitam. Algum dia inventarei um novo tipo de coragem, e talvez consiga destruí-los. Afinal, talvez só existam pela insistência de meus medos projetados num plano inquietantemente real.

A lembrança da Menina voeja e desce lentamente. Lembra a folha de plátano dentro de algum outono. Sinto o impulso de abrir a janela e espiar.

Lá está ela, na outra margem da rua, seus olhos mesmerizantes fixados nos meus.

Ocorre-me, de súbito, que ela talvez tenha caído do espaço e conte comigo para restituí-la ao seu lugar, no tempo.

Volta o medo antigo, já tão desgastado, e no entanto ainda capaz de acelerar a circulação e afoguear o sangue.

Entrecruzo os dedos, apertando-os. Só faço isto quando a prece é urgente.

A Máquina vai surgir no final da rua, monstro vomitando gosma preta e bufando fumaça. É preciso abrir este maldito portão, voltar para o jardim tranqüilo e o meu canteiro de violetas. Abre, portão, abre! Meu Deus, isto é castigo, porque eu desobedeci, fui correndo até à esquina e voltei. Eu queria provar o gostinho da liberdade... Abre, portão, abre!

E vocês dois aí na janela, rindo de mim! Acham o medo engraçado? Ou pensam que estou brincando? Só resta um jeito de fugir disto tudo. Vou fechar os olhos, e aí não existe monstro nem gente grande rindo, vou tapar os ouvidos...

O portão se abrindo, com uma subiteza desconcertante.

Regar o canteiro de violetas, tão bem cuidadinho. E se cair chuvarada à tarde, ficar espiando os montinhos de terra fofa, feitos pelas formigas, logo depois, quando o sol vier, desconfiado. E as formigas saindo, em procissão... Contando que as nuvens não caiam inteiras, aí o mundo acaba, o que vai ser?...

A rua permanece inofensiva e cinzenta. Os pingos do céu, esquecidos de cair.

Os olhos da Menina cintilam de uma distância longínqua e contudo a mensagem é tão próxima.

Você cresceu, lembra-se? Destrua os ridículos fantasmas. Invente a coragem...

Abandono a janela, o monstro de mentira fabricado numa infância distante, o portão pirracento e a inocência daqueles risos que eu julgara triturantes.

Meus fantasmas riem. Risos triturantes.

Abrir a janela e respirar dezembro faz recuar o tempo até o começo das férias, após a Grande Festa, no Colégio. A entrega de prêmios.

A Menina continua ali, esperando. Inquisitivos, seus olhos insistem. Se eu não tivesse aberto a janela, provavelmente eles o teriam feito. Olhos que me obrigam a abrir as janelas da alma.

Ela veste uniforme austero, vítima desajeitada de uma antiquada disciplina.

Tenebrosa disciplina que poluía as salas de aula, as galerias, a capela, o refeitório e até o jardim de recreio.

Os rosários das freiras, pendurados nos cintos, balançando ruídos que pareciam risadinhas dos anjos.

O aroma delicioso das mangas maduras do quintal, entrando pelos janelões abertos.

Na capela, esquecida de rezar, imaginando coisas belas e boas a serem vividas. A estonteante noção do prazer antecipado e logo aquela vaga sensação de culpa...

A medalha de ouro, no peito da Menina, emite reflexos espasmódicos.

Volta a velha sensação de um medo a longo prazo, desdobrando-se nas faixas coloridas que representam cada ano.

Faixa Vermelha, primeiro ano primário. Primeiro Prêmio, primeira medalha.

'Parabéns! Parabéns!' Vozes alegres e no entanto sombrias, ecoando na Grande Sala e pelas galerias. Aplausos perturbantes. Sorrisos calorosos que lhe esfriavam a alma.

Certamente havia merecido o prêmio. Lutara o ano inteiro, uma luta incerta e infantil, em que a adversária havia sido ela mesma. Medalha de ouro, nome e data gravados.

Entretanto, sua pessoazinha uniformizada estremecia sob uma sensação esquisita. Por quê? Já se perguntara tantas coisas, estava habituada a fabricar com rapidez as próprias respostas.

Porque ela começara de cima e não admitiria jamais uma descida brusca. Porque já visualizava a renovação da luta para que uma medalha brilhasse cada ano em seu peito. Porque a incerteza das vitórias futuras angustiava-a, quando ainda nem sabia o significado da palavra angústia. Porque junto com este Primeiro Prêmio, ela recebera uma tremenda responsabilidade.

O verde dos olhos da Menina emite reflexos dourados.

Você cresceu, lembra-se? Destrua os ridículos fantasmas. Invente a coragem...

Abandono o uniforme que ameaça engolir a Menina, as vozes sombrias desejando-lhe parabéns. Abandono a medalha aterradora e fulgurante.

Os fantasmas me atiram olhares de desprezo.

E de repente, já é Natal. Os frutos de mentira das árvores de verdade são frágeis bolotas de vidro colorido.

Ainda cedo para reescutar os guizos do trenó no roteiro das crianças e com a esperança de alcançar algum Rei ou Pastor em atraso, abro a janela em busca da Estrela Guia.

Os olhos dela, duas estrelas verdes cintilando para mim, sorriem uma fé da qual já participei, um dia.

No carrinho de boneca feito de vime, ao seu lado, esvoaçam as pontas do cortinado.

Não mais medo, não mais angústia. Apenas esta sensação de desamparo. Reprimo o primeiro soluço, o segundo, os outros mil soluços. O pranto de minha existência inteira. Um Natal remoto emerge, entre soluços e lembranças.

É mentira! É mentira! Papai Noel existe, sim. Ele existe. Tem de existir! Não foi mamãe quem comprou o carrinho, não foi ela quem costurou a cortininha. Ele leu a minha carta, ele me escutou rezando e pedindo. Ele existe, sim. Tem de existir porque eu quero que Ele exista!

E então, as primeiras dúvidas. O desconcerto. A raiva de duvidar. A raiva maior, de Papai Noel não existir...

Na manhã cálida cheia de Natal, só existem agora a Menina e o carrinho. Seus olhos tantalizantes não largam os meus.

Você cresceu, lembra-se? Destrua os ridículos fantasmas. Invente a coragem...

Abandono a janela, aquele Natal cheio de dúvidas, a luta pela ilusão, a Menina e o carrinho.

Meus fantasmas e sua desdenhosa complacência...

Não ouso mais abrir a janela. Sei que ela está à minha espera.

Ficarei espreitando, através da vidraça que os seus olhos quase perfuram.

A Menina agora aperta de encontro ao peito franzino uma capa grossa de papelão, recheada de folhas de papel. Estou curiosa.

Não mais medo, nem angústia, nem aquela frágil sensação de desamparo. Apenas uma desafiadora vontade de fabricar a coragem. Talvez agora eu consiga.

Sem desviar os olhos, ela abre a capa do caderno. Brancas páginas mansamente se libertam. Esvoaçam, lentas e graciosas, num fascinante bailado.

Quero também me libertar. Dúvidas, dúvidas, o medo é um amontoado de dúvidas. Se conseguir eliminá-las, com toda a força desta nova vontade...

Estendo o braço, toco a janela, antegozando o maravilhoso sentimento de conquista. Os fantasmas espiam sobre o meu ombro, curiosos.

As vidraças se abrem e eu respiro o cheiro puro da liberdade.

Atraídos pelas folhas que ainda flutuam no ar, os fantasmas saem loucamente, misturam-se ao bizarro bailado e são lentamente absorvidos pelo papel. Confundem-se, e com mansuetude se desfazem.

Um processo lindo, a destruição de meus velhos fantasmas.

Quando se quer, com o corpo e a alma, é fácil inventar a coragem.

A Menina está flutuando vagamente. Não conseguirei detê-la, nem tentarei. Para quê? Afinal, é o momento de devolvê-la definitivamente ao seu lugar no tempo.

Romance

Este livro foi impresso em Guarulhos, em setembro de 2001,
pela Lis Gráfica e Editora Ltda, para a Editora Nova Fronteira.
O papel do miolo é offset 75g/m² e o da capa é cartão supremo 250g/m².

Visite nosso site: www. novafronteira.com.br
Atendemos pelo reembolso postal
Editora Nova Fronteira S.A.
Rua Bambina, 25 – Botafogo – 22251-050 – Rio de Janeiro – RJ

274